ウィメンズマラソ

坂井希久子

ハルキ文庫

JN139422

角川春樹事務所

目次

ウィメンズマラソン

一　栄光への架け橋

ああ、もうダメだ。限界だ。

――そんなこと、誰が決めたの？

私が。私の心と体が、すでに悲鳴を上げている。

脚が重い。腕がだるい。東京マラソン最大の難所、36キロ地点の佃《つくだ》大橋の上り坂だ。沿道の応援が途切れて急に静かになり、潮っぽい風が横殴りに吹きつけてくる。危うく足がもつれそうになり、踏ん張った。

少しペースを緩めようか。いや、それでは目標タイムに届かない。

ベイエリアに入ってからは橋が多く、アップダウンが増えるのに備えて前半のペースを抑えていたのが響いてきた。そのくせ体力はちっとも温存されていないんだから、嫌になる。練習不足なのはあきらかだった。

でもやるの、やるしかないの。

目標タイムをクリアできなければ、どのみち私に未来はない。

呼吸のリズムをあえて崩し、肋骨《ろっこつ》を開くようにして胸いっぱいに息を吸い込んだ。

酸欠ぎみだった脳に酸素が送られてゆく。視界がクリアになり、それと同時に股関節にわだかまる鈍い痛みが蘇《よみがえ》ってきた。

だけど、走れないほどじゃない。

太腿《ふともも》を叩《たた》き、筋肉に活を入れる。さあ、腕を振れ。

限界なんて、誰が決めたの？

私はその先にあるものを摑《つか》むのだ。


東京マラソンを2時間40分以内で走れたら認めてやる。

手元にある練習日誌によれば、小南達雄《こみなみたつお》監督がそう言ったのは二〇一四年十月二十七日のことだった。幸田《こうだ》生命女子陸上競技部を率い、オリンピックのメダリストを二人も育て上げたこの名伯楽は、苦りきった顔で無精髭《ぶしょうひげ》を撫《な》でていた――。


トラックに隣接した選手寮へと帰ってゆく後輩たちが、しきりにこちらを気にしている。

その中に辻本皐月《つじもとさつき》のポニーテールを見つけ、私は唇を強く嚙《か》んだ。

二〇一二年ロンドンオリンピック、女子マラソン銅メダリスト。彼女のゴールの瞬間は見ていない。市街周回コースを走ってバッキンガム宮殿に戻って来たところで、思わずテレビを消してしまった。そうでもしなければ膨らみが目立ちはじめた自分の腹を、殴りつけていたかもしれない。

私が走っていたはずのレース。私が手にしていたであろう名誉。すべてあの女が持っていった。運命のボタンをほんの少しかけ違えただけ。それだけで、私はなにもかもを失った。

「分かりました」

小南監督を睨《にら》みつける。

オヤジくさい眼鏡の奥の小さな瞳が、わずかに見開かれた。黒光りがするほど日に焼けた顔は、相変わらずだ。昔よりも太ったのだろう、臙脂《えんじ》色《いろ》のジャージの腹部が少しばかり突き出ている。この人もすでに五十六――いや、十月生まれだから五十七になったはずだ。

「40分以内で走れたら本当に、陸上部に復帰してもいいんですね」

歯の間から言葉を押し出すようにして喋《しゃべ》った。そうしないと、声が震えてしまいそうだった。

「泣かねぇんだな」

「泣きませんよ」

現役だったころは、ずいぶん監督に泣きついた。タイムが伸びないと言っては泣き、レース前の故障で泣き、練習の追い込みのきつさに泣き、そして妊娠が発覚したときは体中の水分を絞り出すようにして泣きじゃくった。

けれども私はもう、あのころみたいに無邪気ではない。自分が特別な「なにか」であると、証明したいとも思わない。

私の自己ベストは、二〇一二年名古屋ウィメンズマラソンでの2時間24分12秒。以前ならサブ2・5《2時間半切り》もできて当然だったが、二年半のブランクを経て走れるものだろうか。しかも今は、お荷物まで抱えているのに。

できるかできないかじゃない。やるしかない。

そのために、毎日のように町田の練習場に通い詰めた。小南監督に会ってもらうまでに一ヵ月、謝罪を受け入れてもらうまでさらに半月、やっと復帰の可能性が見えてきたのだ。ここで食らいつかなくてどうする。

「涙はリオの表彰台まで、取っておきます」

「言うねぇ」

ハッ、と監督が喉を鳴らした。大言壮語と取られてもしかたがない。共に世界の頂点を目指そうと、お前ならできると支えてくれたこの人を、裏切ったのは私なのだから。

「正直なところ、俺はもうお前にかかわりたくねぇんだよ」

「はい」

「分かってると思うが、東京マラソンはメディアの露出が多いぞ」

「沿道から石を投げられても、走ります」

「マラソンだけが人生じゃない。他の生き方を模索したほうが、お前にとっちゃ幸せなんじゃねぇか？」

そうかもしれない。娘の成長だけを楽しみに、世間の目から逃れてひっそりと暮らす。穏やかで、退屈で、つつましい幸福を拾い上げてゆく日々だ。そのほうがきっと、楽だろう。

「でも私はこのままじゃ、次に進めないんです」

もうずっと何年も、等身大の巨大な箱の中に、ぴったりと収まっているような気分なのだ。壁、壁、壁、壁、どこを探っても壁ばかり。外から聞こえてくる娘の声も、心にまでは響かない。走ればここを抜け出せると、なぜかそれだけは知っている。

「しょうがねぇな」

監督はランニングシューズの爪先で、地面を掘るような仕草をした。ざりざりと、コンクリートが音を立てる。

「その代わり、東京マラソンで目標が達成できなかったらお前にはもう会わねぇぞ。俺だって暇じゃねぇんだ」

「ありがとうございます」

踵《きびす》を返し監督室へと引き上げてゆく、その背中に向かって頭を下げた。体育会系としてはあたりまえの礼儀だが、これほど自然に腰を折ったことはかつてない。

「お前なら世界を狙えるよ」と、はじめて認めてくれた人。もう一度、振り向かせたい。顔中を皺《しわ》くちゃにして「よくやった」と、褒められたい。

「おい、岸《きし》」

先月元に戻ったばかりの苗字《みょうじ》で呼びかけられた。顔を上げると、小南監督が肩越しに視線を投げてくる。

「子供は、いくつになった」

「ちょうど二歳、です」

「そうか」

なぜ今そんなことを聞くのだろう。戸惑っているうちに監督は、再び前を向いて歩きだした。均整のとれた、元ランナーらしい歩きかただ。

監督の背中が照明の届かない薄闇の中に溶けてゆく。

保育園の、お迎えの時間が迫っていた——。

岸峰子《みねこ》。そんなどうあっても高みに登らずにいられないような名前を私につけたのは、母である。十歳のとき、私が陸上競技を始めるきっかけとなった「神奈川ちびっこマラソン」に、出てみないかと勧めたのも母だった。

マラソンとは名ばかりの、たった2キロのコースだったが、私は四年生女子の部でぶっちぎりの一位。母は「やっぱりパパとママの子ね」と、手放しに喜んだ。

父のことは、あまりよく覚えていない。その面影も、朧《おぼろ》げな記憶を手元に残る写真で補正したものにすぎないのだろう。アルバムには、プロのトライアスリートだったという父の、雑誌の切り抜きが貼られている。一九八九年アイアンマン・ハワイ、堂々の世界八位。その翌年、サンディエゴのビーチでトレーニングしていたところをホオジロザメに襲われて死亡した。だから私の家では『ジョーズ』は観《み》ない。

母は母で、若いころは実業団の選手としてトラックを走っていたそうだが、故障がもとで二年で引退。スポーツ用品メーカーに転職し、三十歳のときに私を産んだ。

そんな二人から受け継いだDNAが、私を走らせたのだろう。学校の成績は平凡、芸術的才能もなし。ただ「かけっこ」だけは周りの友達よりも速かった。少なくとも、中学を卒業するまでは。

高校で陸上の名門校に進学すると、短距離では勝てなくなった。母の勧めで中長距離に転向し、3000メートルでインターハイを目指すも、長崎ゆめ総体の予選一組十三位――つまり予選敗退が最高記録だ。関東体育大学に進学したのちも、唯一残せた目ぼしい記録は二年生のときに四区を走った全日本大学女子駅伝、区間一位である。

数字というのは残酷だ。自分の力量が数値化されて目に見えることが、はじめのころは楽しかった。練習の量と質が、そのままタイムに反映される。やれば伸びるという喜びはきつい練習のモチベーションになり、そしてタイムがさらに縮むという、いい循環《ルーティン》を生む。だがそれがひとたび頭打ちになると、数字は私を圧迫しはじめた。

自主練をしても体重を落としても、タイムが伸びない。

そういう時期なのだと思おうとした。ここを乗り越えれば、次のステップに進めるのだと。だがふと気づけば入部当初は眼中にもなかった後輩が、私の前を走っている。躍動する筋肉が夕日に映えて眩《まぶ》しくて、目を細めてその背中を見送った。

乾いた雑巾を絞っても、水は出ない。どうやら私が生まれ持った才能の水は、そんなに多くはなかったようだ。すでに努力で超えられるレベルじゃないと、分かっていた。「かけっこの速い峰子ちゃん」は、特別な「なにか」ではなく、ただのなんでもない人だった。

それでも私は、走ることにすがりたかった。走ることで何者かになりたかった。それ以外のカードを、私は持っていなかった。

大学四年生になって、着慣れないスーツで就活をする友人たちを目にしても、とても同調する気にはなれなかった。かといって五月の関東インカレの10000メートルでも結果は残せず、あとは自分の未来にどこで見切りをつけるのかというところまで追い込まれていた。

「岸峰子さん、あんたマラソンを走ってみないか」

だが、救いの神は思わぬところから私に手を差し伸べた。

ナイキのTシャツにジャージの短パンという、実にラフな格好で。

「監督が呼んでます」というから私は練習後のシャワーも浴びず、クラブハウスの一階にあるミーティングルームへと向かった。

いったいなんの用だろう。たとえばいい知らせと悪い知らせ、どちらを先に聞きたいかと問われたら、私は間違いなく悪い知らせを選ぶ。一度持ち上げられてから落とされるのは勘弁だ。たとえ幸、不幸の量が釣り合わなくても、少しくらいは救いがほしい。そんなことを考えながらドアを開けた。

だがそこにいたのは、監督は監督でも関体大女子長距離部門の鶴見《つるみ》監督ではなかった。幸田生命女子陸上競技部の小南達雄監督が、長机の向こうでゆったりと脚を組んでいた。

「し、失礼しました」

反射的に頭を下げた。散歩中のおじさんが誤ってクラブハウス内に迷い込んでしまったかのような風貌だが、おそれ多くも三年前のアテネで野田《のだ》みどりに金メダルを取らせた名監督である。そんな有名人が、私に用などあろうはずがない。なにか手違いがあったのだろうと、急いでドアを閉めようとした。

「あ、こら。ちょっと待ちなさい」

パイプ椅子をけたたましく鳴らし、小南監督が立ち上がった。そして前置きもなく続けたのである。

あんたマラソンを走ってみないか、と。

「は？」

鼻から抜けるような声が出た。我ながら失礼極まりない態度である。

小南監督は私の反応を面白がるように唇を舐《な》め、長机のこちら側を指先で叩いた。対面に座れということだろうか。だいいち、どうして私の名前を知っているのだ。

「岸漣介《れんすけ》さんの、娘さんだろ」

「はい」

「岸さんは、大学の二つ上の先輩だった。共に箱根を走った仲だよ」

父も小南監督も、関体大の出身だった。父がトライアスロンに転向したのは大学を卒業してからで、それまではただ長距離を走っていたわけである。年齢を考えれば、たしかに小南監督と在籍時期が被《かぶ》っている。

そう思って見れば頬に縦ジワの出るその笑顔が妙に懐かしく、私は小南監督の前まで自然と足を運んでいた。

「小南さん、すみません。食堂でもらってきましたよ、常温の水」

鶴見監督が五百ミリリットルのペットボトルを顔の前にかざしながら入ってくる。私がすでにいることに気づき、「ああ、もう来てたのか」と、どこか空々しい声で言った。

きっと鶴見監督も戸惑っている。小南監督は、わざわざ父の思い出話をしに来たわけではないらしい。マラソンを走れと、私に言った。でも、どうして私なのだ。

数日前に小南監督が、陸上部の見学に来ていたことは知っていた。関東インカレの5000メートルで15分18秒を叩き出した三年生が呼ばれていたから、お目当ては彼女だったのだろう。その他大勢は眼中にない。そう分かっていても、身の振りかたの決まっていない四年生たちはどことなくそわそわしていた。もちろん5000メートルで16分を切ることができない、私でさえも。

「野田みどりが無期限休養中なのは知ってるね？」

私が正面に、鶴見監督が隣の席に落ち着くと、小南監督は手と手を鷹揚《おうよう》に組み合わせてそう言った。

アテネ五輪以降の野田みどりといえば、故障がつきものだった。度重なる公式レースの出場辞退と棄権。金メダリストに対する世間の目は厳しくて、「野田みどりはもう終わった」と、まことしやかに囁《ささや》かれていた。

「本人は来年の北京《ペキン》に向けて頑張りたいと言っていたが、怪我《けが》の治療に専念させることにしたよ。復帰がいつになるかは分からんし、このまま復帰できんかもしれん。おかげで女子マラソン界は火が消えたようになっちまって、辛気臭くてかなわんよ」

「あの」

私は小南監督ではなく、監督が紙コップに注《つ》いでくれた水に視線を落とした。

「そのお話が、私にどういう――」

「岸、いいから最後まで聞け」

鶴見監督が頭ごなしに私の質問を遮った。「まぁまぁ」と、小南監督がその肩を叩く。

「いいんだよ。選手は監督の人形じゃない」

「ですよね。私も選手の自主性は大事にしたいと思っております」

秘技、鶴見監督の手のひら返し。長いものに巻かれまくって今のポジションを得たと言われる人である。おそらくこれは計算ではなく、性格なのだろう。揉《も》み手せんばかりに小南監督にすり寄る様を見ていたら、頭の中の混乱が収まってきた。

「すみません。ただ、金メダリストの不調が私にどう関係するのか分からなくて」

「ああ、すまんな。回りくどかった」

「いいえ」

雲の上にいる小南達雄に、面と向かって謝られても困る。私は曖昧に首を振った。

「そんなわけで俺は今、新しい才能を求めている。だからあんた、マラソンを走ってみないかい」

今度は話が飛躍しすぎている。それでどうして私に白羽の矢が立つのだ。

たしかに数日前の見学の際は、小南監督の目に留まりはしないかとドキドキしていた。

でもそれは淡い期待というより妄想で、そんなことは万に一つもありはしない。そう自覚していたのに。

「でも私、ハーフすら走ったことがありません」

ましてや42・195キロ。練習でもその距離は走らない。

「知っとるさ。ここ数年、トラックでは伸び悩んでいたようだな」

だったら、なぜ？　ますます胸の中の疑問符が肥大してゆく。こんなに的を外した話の運びようで、この人は、よく指導者などをやれたものだ。

私ははじめて真っ直ぐに小南監督の顔を見た。その目は始終三日月形に細められており、ただの気のいいおじさんのようでもある。しかし冴《さ》え冴《ざ》えとした眼光が、あやまたずに私を捉えていた。

喉にひりつくような乾きを覚える。揺さぶられているのだと悟った。のらりくらりとしたやり取りの中で、私という人間が量られている。

紙コップを手に取って、少量の水を口に含んだ。乾いていたはずの汗が、じっとりと脇を濡《ぬ》らしている。この人の目に、私はどのように映っているのだろうか。

「あんた、競馬はやるか？」

また話が飛んだ。私は慎重に首を振る。

「いいえ。学生ですから」

「なんだ、知らんのか。一昨年から二十歳以上なら学生でも馬券を買えるようになったんだぞ」

「知りませんでした」

早く本題に入ってほしい。緊張が私の喉をしめつける。

だが監督はお構いなしに、椅子の背にゆったりと体を預けた。

「そうか。じゃあステイヤーという言葉も知らんか」

「持久力のある、長距離血統の馬のことだ」

鶴見監督が唐突に嘴《くちばし》を挟んできた。小南監督の問いに答えるというよりも、私に教え諭すような口調である。だがすぐに、小南監督に顔を振り向けた。

「去年の春の天皇賞、ディープは実に強かったですなぁ」

「ディープインパクトは距離にかかわらず強いじゃねぇか。本当に、憎たらしいほど強かった」

小南監督はそう言って口元を歪《ゆが》める。なにか苦い思い出があるのだろう。

「純粋なステイヤーとしては、ライスシャワーが歴代一位だな」

「メジロマックイーンはどうですか」

「いいねぇ。九三年の天皇賞、ライスがマックの三連覇を阻止したときは、痺《しび》れたねぇ」

「ライスシャワーかわした、ライスシャワーかわしたか。もう一度マックイーン、今年だけもう一度頑張れマックイーン。しかしライスシャワーだ、ライスシャワーだ。関東の刺客ライスシャワー、天皇賞でも圧倒的な人気のメジロマックイーンを破りました！」

「それそれ。上手《うま》いねぇ、あんた」

鶴見監督の競馬好きは知っている。競技会とお目当ての重賞レースが重なったときは、マネージャーに頼んでネットから馬券を買ってもらっていた。だからって、ここで盛り上がられても困る。

「ああ、すまんすまん」

一人取り残されている私に気づき、小南監督が頭を掻《か》いた。照れているらしい。

「つまり君の筋肉はステイヤータイプだと、俺は言いたいわけなんだ」

「なにを根拠に――」

質問ではなく、疑問が口から転がり落ちる。小南監督が右手をピストルの形にして私を指した。

「あんたらこないだ、30キロ走をやったろ」

この間――つまり監督が見学に訪れた日のことだ。三、四年生は突然メニューの変更を告げられて、30キロを走った。それも1キロ何分のペース走ではなく、徐々にペースを上げてゆくビルドアップ走。駅伝シーズンでもないこの時期に距離を踏ませる（長い距離を地道に走らせること）なんて、なんとなくおかしいとは感じていた。

「見ていたんですか」

「もちろんだ。俺が鶴見監督に、やってくれないかとお願いしたんだからな」

鶴見監督を横目に見る。小鼻を膨らませてうんうんと頷《うなず》く顔は、カバに似ている。

「30キロの、ビルドアップははじめてだったんだろ?」

「はい」

「ペース走のときは律儀にペースを守っていたな?」

「はい」

「あの日は真夏日で気温が30度もあった。過酷な環境だったろ」

「だから、はじめはペースをかなり抑えていました」

「でも、20キロ地点でぽーんと飛び出した」

「体が動きそうだったので」

「それで最後の10キロを35分以内で走れるか。30度だぞ」

タイムまで計っていたのか。この人の狙いがだんだん分かってきた。

「気温が低けりゃもう少し出てたんだろうな。恐ろしいな」

言葉とは裏腹に、小南監督はにやけていた。無精髭の生えた顎を、感触を楽しむように揉んでいる。

「親父さんが岸さんで、お袋さんは広瀬《ひろせ》順子《じゅんこ》だろ。見事に長距離の血統じゃねぇか」

広瀬は母の旧姓だ。

「血統って。私、馬じゃありません」

「そりゃそうだ。だが競走馬もランナーも、どっちも走る生き物で哺乳類だ。無関係でもなかろうよ」

本気で言っているのだろうか。どこまでが揺さぶりで、どこからが本心なのかが摑めない。だが、これだけは事実らしい。私は小南達雄の目に留まったのだ。

未踏の42・195キロ。30キロ走とは別物だろうし、血統云々《うんぬん》というのも根拠に乏しい。それでも小南監督は、私になんらかの可能性を見出《みいだ》したのだ。

膝の上で拳を握る。体が小刻みに震えていた。

「マラソンなら、私は世界に行けますか」

乾いた笑い声が上がった。鶴見監督だ。

小南監督は笑わなかった。目の光を強くして、私を見据える。

「それは、あんた次第だよ」

顔が熱くなった。言質《げんち》がほしいだけなのを見抜かれていた。

いつからだろう、夢を口にするのが怖くなったのは。小学校の卒業文集には『オリンピックで金メダルを取る』と、恥じらいもなく書けたのに。

夢はしょせん、夢でしかない。目の前に広がるのは現実だ。胸の奥でずっとくすぶり続けてきた、その燃えかすがしだいに温度を上げてゆく。

「とりあえず、ウチの合宿に参加してみないか？」

小南監督は、そのときすでに確信していたことだろう。

私が決して、断らないと。


翌二〇〇八年、一月二十七日。大学卒業前に走った大阪国際女子マラソンが、私の初マラソンとなった。結果は2時間32分41秒で十八位。長居陸上競技場に戻ってから急に脚が動かなくなり、這《は》うようにしてゴールした。オリンピックの代表選考会を兼ねたレースでもあったが、北京にはとうてい手が届かなかった。

その年の四月には幸田生命に入社して、私は女子陸上競技部の一員となった。

幸田生命は昨今では珍しく、選手全員が終身雇用を前提とした正社員だ。出勤は週に四日程度で午前中のみ。合宿やレースは出張扱いという、厚待遇である。

それでも同期の三人は、三年以内にみんな辞めてしまった。四つしか違わなくても高卒の彼女らとは隔りを感じ、群れることなく黙々と練習に励んだのがよかったのだろうか。

私だけがしぶとく残った。

おそらく彼女らは、挫折を知らなかったのだ。全国の高校から集められた選りすぐりのエリートばかりで、ギリギリのところで小南監督に掬《すく》い上げられた私とは違っていた。引く手あまたの中から幸田生命を選んでやったというプライドが、向上心を上回っていた。

たとえば1000メートル×8のインターバル走。これは長距離の練習の中でも特にきついトレーニングで、1000メートルを自分のベストタイムに近いペースで8本、間にジョギングを入れながら繰り返し走る。8本目を走りきるころには、お腹《なか》の底から振り絞っても余力がないくらいヘトヘトになる。

そこにすかさずコーチが、「よし、もう一本!」と声をかけるのだ。

だが同期は「ちょっともう、冗談やめてくださいよ」と、荒い息の下で笑うばかり。仲良し三人組には抜け駆けをしないという暗黙の了解でもあったのか、いつも足並みを揃《そろ》えたがった。一人が「無理」と言えば右にならえで、それ以上走ろうとはしなかった。

一事が万事その調子だから、タイムは伸びない、結果も出ない。それでもコーチが悪い監督が悪いと周りのせいにして、「走るだけが人生じゃない」という言い訳を見つけ、去って行った。彼女らは最後まで、挫折の乗り越えかたを学ばないままだった。

ところで挫折といえば、誰よりも苦いものを舐めている人が同じチームの中にいた。

野田みどりだ。

私が入部した当初、彼女は膝の手術を受けてまだ間もなかった。だが状態が少し上向きになってくると、トレーナーの目を盗んで過分な負荷をかけてしまう。そのせいで調子が逆戻りになるという繰り返しで、リハビリは遅々として進まなかった。私は小南監督に「焦るな！」と叱られて泣きじゃくる彼女を、何度か目にしたことがある。

「もう頂点極めちゃったんだから、これ以上無理することないいんじゃない？」と、陰では引退も囁かれていた。それでも野田みどりには、そこで終われないなにかがあったのだろう。しかし金メダルホルダーなればこその突き上げるような不安が、彼女の状態を悪化させていることは間違いなかった。

それが顕著に表れたのが、二〇〇九年五月の仙台国際ハーフマラソンだ。野田みどり完全復帰の足掛かりとなるはずのレースだったが、その前夜に発疹《ほっしん》が全身に出て、出場を見送る羽目になった。食べ物にあたったわけではなかったようだ。原因不明とされたがそれはおそらく、心因性のものだったのだろう。

野田みどりとは、個人的な話をしたことがない。同じチームとはいえ雲の上の存在だと思っていたし、彼女はいつも取り巻きに囲まれていた。ただあちらは総務部、こちらは法務部、所属する部署は違えど同じ大部屋で働いていたので、業務のときは必ず顔を合わせなければいけなかった。

陸上部員は通常、十二時の鐘を聞くと「お先に失礼します」と挨拶をして思い思いに昼食を取り、四谷の本社から町田の練習場へと赴く。だがまだ軽いウォーキング程度のリハビリしかできなかった野田みどりは、午後も業務に就いていた。

部屋が同じでは、知らんぷりをして出て行くわけにはいかない。全体への挨拶を済ませてから必ず野田みどりの席に出向き、「先輩、失礼します」と頭を下げる。それが実に憂鬱だった。

べつに高圧的な態度を取られるわけじゃないし、ぞんざいにあしらわれるわけでもない。野田みどりは「がんばってね」と、笑顔で私を送り出してくれる。その笑顔が怖かった。口角の上がりかた、頬の盛り上がり、目の細め具合、それは塗り固められたお面のように、いつもまったく同じだった。

そんな彼女に一度だけ、バウムクーヘンをもらったことがある。大阪発のお店でまだ全国展開はされておらず、スイーツ好きの間では「絶品」と評判のお菓子だった。

「昨日たまたまデパートに行ったら、三日間限定で出店してたの。だから、買っちゃった」

ランチの後にご丁寧にも切り分けて、皿の上に載せてくれた。しかも他の女子社員より、私の取り分があきらかに大きい。珍しく「社食で食べない？」と誘われたと思ったら、いったいこれはなにごとだろうと目を剝《む》いた。

私は二度目のフルマラソンに向けて、すでに調整期間に入っていた。脚がマラソンランナーらしくなりスピードも乗ってきて、次は2時間30分を切れるだろうと、小南監督からもお墨つきをもらっていた。

もちろんそれは残りの調整メニューをきっちりとこなし、日々の食事に配慮してこそ叶《かな》うものだ。私は小南監督から、体重を四十三キロ以上に増やさないよう厳命されていた。走るという行為は着地のとき、体重の三倍程度の衝撃が足にかかっているそうだ。つまり体重が軽いほど負担が減るわけである。一流のマラソン選手がみんな痩せているのは、そういう理由だ。だから私たちは体重を削る。

——しかしこの目の前のバウムクーヘンは、一切れだけで何キロカロリーあるのだろう。バターたっぷり、表面はキャラメリゼされていて、生地にまでシロップが染み込んでいる。ものすごく美味《おい》しそうだ。しかも東京ではなかなか買えないという希少価値まである——。レース後の休養期間なら、大喜びで食らいついていただろう。

「あの、すみませんが——」

「岸さんは、そろそろ疲労が溜《た》まるころでしょ。甘いもの食べて元気出してね」

先輩の好意とバウムクーヘンを無下にするのは気が引けたが、私は断ろうとした。だが野田みどりの押しつけがましい励ましが、その声を完全に遮った。

「だね、やっぱ疲れてるときは甘いものにかぎるわ」

「なんか後輩思いじゃん、みどり」

野田みどりと同じ総務部の女子社員がみどりを持ち上げる。彼女たちは躊躇《ちゅうちょ》なく、バウムクーヘンを口に運んだ。

「べつに、そんなんじゃないよ」

野田みどりが照れ臭そうに胸の前で手を振っている。

私はただひたすら、呆気《あっけ》に取られていた。

アスリートが糖分を控えるのは、なにも体重のためだけじゃない。たしかに甘いものを食べると疲れが取れた気にはなるが、それは血糖値が急激に上がるためで、その後急激に下がってゆく過程で疲れやだるさが出てしまう。またお菓子にはたいていドロドロ血の原因となる飽和脂肪酸や、心臓疾患のリスクが高まるというトランス脂肪酸が多く含まれており、激しい運動をしない人でも控えたほうがいいと言われるくらいだ。いわんやアスリートをや、である。

そのくらいのことは、野田みどりだって当然知っているはずなのに。

唖然《あぜん》としている私に向かって、彼女の離れぎみの目がゆっくりと細められた。

「どうぞ。遠慮しないで」

例の、お面めいた笑顔だった。

背筋をぞわぞわと、目には見えない多足生物が這い上がってくる。ここで「いりません」と突き返したら、完全に私が悪者だ。

「いただきます」

覚悟を決めてフォークを取った。バウムクーヘンはひたすら甘く、凶暴なまでに甘く、脳が痺れるくらい甘かった。

後でこっそり、トイレで吐いた。体重を気にするあまり拒食症になってしまった先輩たちを見てきたから、吐き癖はつけたくなかった。もしかしたら野田みどりは、なにを食おうが吐けば無効という錯覚を、私に植えつけたかったのかもしれない。

何度も空嘔《からえずき》をして涙と涎《よだれ》にまみれながら、けれども怒りは湧いてこなかった。ただひたすら、不思議なだけだった。

どうして野田みどりともあろう人が、なんの実績もない私ごときを陥れなきゃいけないのだろう。獅子《しし》は兎《うさぎ》を狩るにも全力を尽くすというけれど、兎の肉ではきっと腹は充分に満たされない。どうせ全力を尽くすなら、ガゼルやシマウマを狙ったほうが効率はいいに決まっている。

新卒の私から見れば野田みどりははるかに大人で、その心情を読み取るのは難しかった。だが実際のところ彼女は私と四つしか離れておらず、当時はまだ二十七歳。自らの過去の偉業に押しつぶされそうになっている、年若い女だったのだ。

苦労して吐き戻したバウムクーヘンは、喉を逆流するときですらまだ甘かった。

野田みどりが幸田生命を退社したのは、棄権した仙台国際ハーフマラソンから、約半年後のことだった。

私の人生二度目となるマラソンは、二〇〇九年三月の、東京マラソンだった。強風の吹き荒れる厳しいコンディションではあったが、結果は2時間29分52秒で五位に入った。小南監督の予言どおり、サブ2・5を達成した記念すべきレースだった。

女子のトップ選手には、タイムはまだまだ及ばない。でも初マラソンでは完全に置いて行かれた先頭集団に、最後まで食らいつくことができたのは収穫だった。

「次は先頭集団といかに競り合うかだな」

小南監督も機嫌がよく、レースの翌日、軽いジョグにつき合ってくれた。かしの木山自然公園沿いの坂道をゆったりと流しながら、その目はまっすぐに道路の先へと向けられていた。

私にはまだまだ伸びしろがある。それは他には代えがたい喜びだった。大学生活後半の、どれだけ足掻《あが》いても空回りするばかりだった経験がその喜びを倍加していた。前に進んでいるかぎり、人は辛《つら》くても耐えられる。ハードな練習の中で私を支えていたのは、自分への期待だった。

その年の四月に、辻本皐月が入社した。私の一期後輩にあたるが、高卒なので年齢は五つ下だ。身長が百五十センチしかない小柄な彼女は手も足も小さく、まだほんの少女に見えた。やや低めの鼻もご愛嬌《あいきょう》の、可愛《かわい》らしい顔立ちをしている。お人形さんみたいだと、先輩たちに持て囃《はや》されていた。

そんな彼女が新入部員歓迎会でやった出し物が、鼻に割り箸を挿してレディー・ガガの楽曲に合わせて踊るというものだったから、第一印象とのギャップに全員が笑い転げた。ダンスがやけに上手くて、それがよけいに可笑《おか》しかった。

ちなみに私が新人だったころの出し物は、「ひたすら腕立て伏せをしながら円周率を唱える」である。地味である。はじめの三十桁あたりまでは「すごーい」と手を叩いてくれた先輩も、五十桁を過ぎると合っているのかどうかさえ分からない。本当は百五十桁まで空で言えたが、盛り下がっているのを察して七十桁でおしまいにした。こういうものは周りが面白がっているうちにやめるが吉だと思い知った。

辻本皐月の名前が全国区となったのは、二〇〇七年の全国高校駅伝らしい。二年生だった彼女は三区3キロを任されて、区間二位。翌二〇〇八年の埼玉総体では3000メートルで決勝まで勝ち進み、十位に入った。そしてその年の全国高校駅伝では最も実力のある者が任される一区6キロを走破して、区間一位で掛川《かけがわ》女学園を優勝に導いている。

つまり彼女も三顧の礼をもって迎えられたエリートだった。歓迎会で先輩たちの心を鷲《わし》掴《づか》みにした辻本だが、高卒エリートを色眼鏡で見ていた私は、どうせこいつも同期と似たりよったりだろうと決めつけていた。

だがそんな一方的な先入観は、インターバル走の「もう一本!」の声に辻本が「はい!」と威勢よく返事をしたことで脆《もろ》くも崩れ去った。辻本は実に楽しそうに走る子だった。細い脚をバネのように弾ませて、リズミカルに走る。「もう一本」をこなした後は「キツい！」とインフィールドの芝生に崩れ落ち、それでも顔は笑っていた。

「自分、練習好きなんすよ」

そんなことを言う人間に、私はそれまで出会ったことがなかった。練習とは苦しいもの。苦しんで苦しんで苦しみぬくからこそ、道は開けるのだと信じていた。楽しいと思える程度の練習で、強くなれるわけがない。

「いや、そりゃ体は辛いっすよ。でも腕と脚をただ一生懸命動かすだけっていう単純さが、気持ちいいじゃないですか」

そんな簡単なものじゃないよと思ったが、辻本の目があまりに澄んでいたからなにも言い返せなかった。私と辻本では「走る」ということの意味が、まったく違っていたのかもしれない。彼女の走りは生きる喜びに満ち溢《あふ》れ、見る者を前向きな気持ちにさせた。

彼女は純粋なエネルギーの塊だった。先輩からもスタッフからも愛されて、同期にすら馴染《なじ》めなかった私にまで懐いてきた。その理由は単純明快だ。

「自分、ゆくゆくはマラソン走りたいんで」

野田みどりの復帰が危ぶまれていたあの当時、チーム内でマラソンを走っていたのは私だけだった。辻本はとっつきにくいだの暗いだの言われている私の人間性など、まったく問題にしていないようだった。

やっかいなのに目をつけられちゃったなと、はじめのころは思っていた。「先輩、先輩」とうるさいし、「服とかどこで買ってるんすか」と、どうでもいいことまで聞いてくる。だが「ちょっと、静かにしてくれないかな」と突っぱねられてもめげずに寄って来る彼女のことが、だんだん可愛く感じられるようになってしまった。

夏の終わりごろ、休養日で外に出かけていた辻本が戻って来て、寮の廊下ですれ違ったことがあった。その瞬間に異様な生臭さが鼻をついて、私は思わず「なにこれ、臭い」と声に出してしまった。失礼なことを言われているのに辻本は、「あ、やっぱ臭いますかぁ」と間延びした口調で、自分のTシャツの胸や腕のあたりを嗅ぎはじめた。

「マグロのカブト、持って帰って来たもんで」

「マグロ？」

首を傾げた。他にその単語に該当するものを探したが、どう考えてもあの赤身の魚以外に心当たりがない。

「回転寿司屋でマグロの解体ショーやってたんすよ。それ見てたらカブト焼き食べたいなぁと思って。でもお店ではできないって言うんで、頼み込んで譲ってもらいました」

「どうやって持って帰って来たの？」

「でっかいゴミ袋に入れてもらって、こう、サンタクロースみたいに担いでですね」

「臭いはずだ。早くシャワー浴びてきな」

「食べるとどうせまた臭くなりますよ。田中《たなか》さんに焼いてもらってますから、先輩も一緒に食べましょうね」

田中さんは幸田生命女子陸上競技部専属の管理栄養士さんである。彼女も突然そんなものを持ち込まれて、さぞ面食らったことだろう。

「それは、ありがたいけど」

「でも目玉はあげませんからね！」

「いらねぇよ」

もう限界だった。私は腹を抱えて笑った。めったに大声を出さない私の弾けるような笑い声に、なにごとかと部屋から出てきた選手もいたくらいだ。その人たちにも辻本が「もうすぐカブトが焼けますんで」といちいち説明するものだから、笑いの発作はなかなか治まらなかった。

しっかり鍛え込んであるはずなのに、腹筋が痛かった。私は涙すら流しながら、どうしてこんな子を好きにならずにいられようかと思った。辻本は「もう、笑いすぎですよ」と、ばつが悪そうに頬を掻いた。

私は駅伝という競技があまり好きではなかった。長距離選手であるからにはもちろん、駅伝は高校時代から走っている。だが調子のいいときは「他のみんながあと一秒ずつ速く走ってくれたら全国に行けたのに」と歯噛みをし、悪いときは「足を引っ張ったらどうしよう」と萎縮した。「仲間がいるから頑張れる」とか「チームの絆」とか「六人で走ったら六倍の喜び」とか、そんな美しい感情を抱けたことなど一度もなかった。

はじめて駅伝を走ったとき、襷《たすき》は必ず両手で、横に広げて渡せと指導された。そのほうが、貰《もら》う人が受け取りやすい。相手のことを思いやり、襷に「頼んだぞ」という願いを込める、それが日本の心だと教えられた。

本当は片手で渡したほうが最後までスパートがかけられるし、腕だって伸びる。だがそれでは美しくないのだという。そんな非合理的な精神が、よく表れた競技だと思っていた。

二〇〇九年十一月の東日本実業団対抗女子駅伝、三区11・95キロを任された私は朝から体調がよくなかった。四日前に風邪をひいて熱を出しており、そのウイルスがまだ残っているのか、全身がずっしりと重かった。

結果的に、みっともない走りをしてしまった。三位で襷を受け取ったのに、ずるずると後退して気づけば七位。ああ、だから嫌なんだ。チームメイトは決して私を責めないだろうが、笑顔の陰できっと「体調管理もできないのかよ」と憤っていたに違いない。だって、私だったら思うもの。

四区の中継地点である鴻巣《こうのす》駅入口に、辻本が立っていた。その場でぴょんぴょんと、軽快に飛び跳ねている。あちらはどうやら絶好調だ。体の隅々にまで力がみなぎっているのが見て取れた。

「先輩！」

　辻本が私に向かって手を挙げた。笑っていた。私から襷を受け取って、走り出すのが楽しみでたまらないという笑顔だった。

　まったくもう、あんたってやつは。

　なぜか泣きたいような気持になった。襷を外し、両手に持つ。

　あとはお願い。あんたに任せる！

　あんな布っきれに想《おも》いを託したのは、はじめてのことだった。

　ルーキー辻本は四区4・0キロを快走し、一気に五人をごぼう抜き。五区、六区でもその順位を守り抜き、幸田生命は堂々の二位入賞。全日本実業団対抗女子駅伝へと駒を進めることとなった。

　残念ながらその年の全日本は八位という結果に終わってしまったが、我々は二〇一〇年と二〇一一年では連覇を果たしている。レースを見ていて監督にも思うところがあったのだろう、私の前後には必ず辻本を配してきた。

　辻本と襷を繋《つな》ぎ合うのは、楽しかった。

　小南監督が「世界」を口にするようになったのは、いつからだろうか。

　たしか二〇一一年一月の、大阪国際女子マラソンの前日だった。私は最終調整で六十分のジョグをこなし、帯同してくれたトレーナーさんのマッサージを受けていた。その様子を横で見ながら、監督が呟《つぶや》いたのである。

「いい脚だ。これなら世界を走れるな」

二〇〇九年の東京マラソンの後、同八月に北海道マラソン、翌三月に名古屋国際女子マラソンを走っていたが、少しずつタイムを縮めながらもいずれも二位入賞。トップでフィニッシュテープを切ったことはまだなかった。

「本当ですか！」

私はお灸《きゅう》の最中だったことも忘れて飛び起きた。

その年の大阪国際女子マラソンは、八月に大邱《テグ》で開催される世界陸上の代表選考会を兼ねていた。ここで結果を出して世界への切符を勝ち取りたいと、震えるほどに願っていた。そこに小南監督のご託宣が降りてきたわけである。

監督はなにも当てずっぽうでそんなことを言う人じゃない。他の招待選手のリサーチに加え、じっくりと六ヵ月かけた私の仕上がり具合を間近で見ている。その上での冷静な判断だ。

「ああ、俺が保証する。ただやっかいなのは明日の天気だ。予報によるとかなりの低温で、風が強いときている。そこでだ、昨日までの作戦はぜぇんぶ白紙に戻すぞ」

土壇場で作戦変更を告げられても戸惑いはなかった。私は「はい」と頷いた。

「作戦名は『じっと我慢の子』だ。ペースメーカーが走る25キロまでは、先頭集団の後方で力を溜めとけ。前の選手を上手く風除《かぜよ》けにするんだぞ。ペースメーカーが外れても、一発で仕留められるという確信があるまで自分からは仕掛けるな。最重要マークはホクランの赤星《あかほし》と大滝《おおたき》製薬の江藤《えとう》。昨日の記者会見で見たかぎり、ダイヒツの木関《きぜき》は調整を失敗している。確認するぞ、作戦名は？」

「じっと我慢の子！」

「よし、お前は世界を狙えるよ」

天気予報は嘘《うそ》をつかなかった。レース当日の、スタート時点での気温は大会史上最低の三度である。そこに氷のような風が吹きつけるものだから、アームウォーマーと手袋は最後までつけたままだった。

その年から大阪国際女子マラソンはコースが変更されてよりフラットになり、好記録が望めるレースになっていた。ゆえに主催者側としては、実績を焦っていたのだろう。悪天候にもかかわらずペースメーカーは5キロ17分のラップを刻み、まずは外国人招待選手が先頭集団からぱらぱらと離脱していった。

25キロ地点でペースメーカーが離れ、最初に飛び出したのは赤星さんだ。江藤さんがそれを追い、私も置いて行かれまいとギアを上げた。

江藤さんを抜いたのは33キロ付近だった。私がペースを上げたわけではなく、江藤さんがずるずると落ちてきたのだ。追い抜く間際に左の耳でとらえた江藤さんの呼吸の音が、ひどく苦しそうだった。

その先は赤星さんとの一騎打ちになった。さて、どこで勝負をしかけたものか。風は相変わらず強く、じりじりとスタミナを削いでゆく。35キロ地点、赤星さんはまだ動かない。ならばこちらからしかけるか。赤星さんが風除けになってくれたぶん、私のほうが体力は温存されている。だがスピードは赤星さんのほうが上である。一度抜いて、また抜き返されたらもう追いつける自信がない。

作戦名は、じっと我慢の子。前に出たい気持ちを抑えつけた。まだだ。必ず勝負どころはある。今はまだ、その時じゃない。

それは唐突にやってきた。38キロを過ぎたあたり、前から叩きつけるように吹いていた風が、ふいに柔らかくなった。ここだ！

二人同時にスパートを切った。

速い。置いて行かれそうになる。でもあのスピードで残り4キロを走り抜けるはずがない。ここで振り切られなければチャンスはある。そう思い、しっかり動けと太腿を叩いた。気合いを入れたいときの癖だ。「神奈川ちびっこマラソン」を走る前に、母が「がんばってね」と腿を叩いてくれたのを思い出す。腕の振りで一歩一歩を踏み出してゆく。

口が開いて間抜けな顔になっているのが分かる。でもそんな姿が全国に中継されているなんて、そのときは少しも考えつかない。5メートル先に視線を据えて、顎が上がらないようにするので精一杯だ。

赤星さんが振り返る。サングラス越しにもぎょっとしたのが見て取れた。まさか、付いてきているとは思わなかったのだろう。「後にも先にも、後ろを振り返ったのはあのときだけです」と、赤星さんが後にインタビューで答えていたのを読んだことがある。

体がちぎれそうに辛いけど、追われる赤星さんはもっと辛いんだ。

そう思うと、余裕が出た。

ゴールのある長居陸上競技場へ向けて、あびこ筋を南下する。赤星さんのペースは落ちている。でも、まだだ。勝負はスタジアムに入ってからのトラックでつける。そのときのための底力だ。赤星さんの後ろにぴったりとつけたまま、競技場のゲートをくぐる。

とたんに大歓声に包まれた。無数の声がひと塊になり、わんわんと鳴り響く。なにを言っているかは分からないが、それに後押しされるようにスピードを上げげた。銃口から押し出される弾丸のイメージだ。赤星さんはすでにラストスパートをかけている。その背中をがむしゃらに追う。

トラック一周分の距離があれば、たぶん私が競り勝てる。なにしろ私はステイヤーだから。そこまで全力で走りきるスタミナはまだ残っている。だがフィニッシュテープはその80メートル手前に張られていた。

間に合うだろうか。赤星さんの、青いウェアを着た背中が少し大きくなった。彼女のスピードにはもう、38キロ地点で見せたキレがない。いける！

第三コーナーで隣に並んだ。体をしっかりと左に傾けて、遠心力を利用する。最後の直線に入る前に、視線を10メートル先のインコースに据え、コーナーの出口からフルスロットルで加速した。

赤星さんを追い越し、動線を塞ぐ。よし、やった。あとはなりふり構わず駆け抜けろ。フィニッシュテープが迫ってくる。私は高らかに両腕を上げた。

記録は2時間25分56秒。

大邱世界陸上派遣標準記録を突破しての、初優勝だった。

本来は三月に決定するはずだった二〇一一年世界陸上競技選手権大会女子マラソンの、代表五枠がすべて出そろったのは、四月二十一日のことだった。

そこまで後ろにずれ込んでしまったのは、あの未曾有の大災害、東日本大震災の影響で、最終選考レースとなるはずだった名古屋国際女子マラソンが中止になったためである。名古屋にエントリーしていた選手たちは、四月半ばの大邱国際マラソン、ロンドンマラソン、ボストンマラソンに振り分けられて、代表枠を競ったのだ。

大震災のその日、すでに代表に内定していた私は奄美《あまみ》大島のチーム合宿に参加していた。

なにかがおかしいと感じたのは、不鮮明な町内放送が繰り返し流されていたからである。音が割れていて聞き取りづらく、はじめは聞き流しながら練習を続けていたが、あまりにしつこいのでだんだん気になってきた。

「宮城県沖で地震があったって言ってない？」

「宮城って、地震多いよね」

「『念のため津波に警戒を』って、こんなところまでは来ないでしょ」

選手たちの集中が切れて、もはや練習にならなかった。コーチが現状確認のために会社に電話をかけたが、繋がらない。ひとまずホテルに戻ろうとなり、着いて早々にテレビをつけて唖然とした。誰もが声を発せずに、パニック映画のワンシーンのような津波の映像に見入っていた。

やがて仙台出身の選手が悲鳴を上げて泣き崩れた。停滞していた時間が流れだし、それぞれが家族や友人の安否確認に動きはじめた。だがすでに電話は通じず、メールを出しても応答がない。十代の選手が「ツイッターは生きてますよ」と教えてくれたが、私はSNSに手を出していなかった。

その夜のミーティングの光景は異様だった。畳敷きの大広間に集まって、選手たちはどんよりとした表情で膝を抱えていた。手には携帯電話かスマホが握られて、目はうつろだ。小南監督はそんな私たちの正面から話をするのではなく、車座に座らせてその中心に胡坐《あぐら》をかいた。そして、合宿を続行する旨を告げた。

「パソコンのメールで本社と寮に連絡はついた。どちらも特に被害はないようだが、東京の混乱ぶりはテレビで見て分かるとおりだ。慌てて戻ったところで、質の高い練習は望めんだろう。家族が心配な者は合宿を抜けることを許すが、動くのはもう少し情報が入ってからにしてほしい。俺にはおまえたちの安全が大事なんだ」

監督は立場上努めて冷静に振る舞っていたが、彼自身もまいっていたのだろう。その背中は私たちの視線を避けるように丸まっていた。監督には千葉に年老いたお母さんがおり、しかも糖尿病を患っていた。本当はすぐにでも飛んで帰りたかったことだろう。

「監督」と、手が挙がった。ツイッターのことを教えてくれた選手だった。

「こんなときに練習をして、なんになるんですか。走ることになんの意味があるんですか。私、分からなくなりました」

監督が体ごとそちらに向き直る。彼らしくもない、のっそりとした動作だった。

「じゃあ、おまえは今まで、なんのために走ってきた?」

「――大会で、記録を出すためでした」

「そうか。間違っちゃいねぇよ。記録を残したい、結構じゃないか。走る理由なんて人それぞれでいい。だが走ることの意味となると、難しいな」

監督はそこでいったん口をつぐんだ。考えているのではなく、言葉が浸透するのを待っていた。充分に間を置いてから、話しはじめる。

「俺はガキのころからかけっこばっかやってきた陸上バカだよ。そして陸上競技ってのは、人類の挑戦だと思ってる」

「人類の？」私の隣に座っていた辻本が鸚鵡《おうむ》返《がえ》しに尋ねた。

「ああそうだ」と、監督が顔をねじ向ける。

「走る、跳ぶ、投げる、歩く。陸上競技の動作ってのは狩猟時代から行われていた、人間の原始的な営みだよな。それをスポーツに昇華して競わせるのはなぜか。ただ見てみてぇんだ。人体がどこまでやれるのかを。考えてもみろ。１００メートルの10秒の壁を破る選手がゴロゴロ登場するなんざ、三十年前には想像もできなかったことだろ。あと三十年もすれば男子のマラソンは2時間の壁を越えるんじゃねぇか。もちろん肉体だけじゃなく、医学、生理学、栄養学、高性能のシューズやウェアの開発、すべての叡智《えいち》を研ぎ澄まして、スーパーマンの誕生をサポートしているわけだ」

監督の演説にはいつも以上に熱が入っていた。この非常事態が精神を高揚させているのか、それとも陸上そのものへの愛ゆえか。異様な目の輝きは、どちらとも取れるものだった。

「おそらく人類は、進化を望んでいる。進化なき未来はねぇんだ。挑戦を諦めたときが、人類の終わるときだと俺は思う。陸上競技は人類の偉大な挑戦の一つだ。だからどんなときでも堂々と胸を張って走れ」

質問に比して、予想以上に壮大な話だった。その温度差についていけず、途中で聴くのをやめてしまったらしい選手もいた。だが監督の目がこちらを向いていたせいか、私は感電したように動けなくなっていた。

「今は混乱を極めちゃいるが、事態が落ち着いてくればスポーツで元気づけられたい人間ってのも出てくるだろうさ。おまえらここで練習さぼって、そのときに人を感動させられる走りができるのか。おまえらにはおまえらの役割がある。忘れるな」

「はい！」と、力いっぱい応えたのは辻本だ。

それにつられたように、ぱらぱらと返事の声が上がる。いまいち精彩を欠いた声だった。

私は、私の役割について考えていた。

それは八月の、世界陸上を走ること。そしてメダルを日本に持ち帰ることだ。

日本陸連の定めた選考基準によれば、その大会でメダル圏内に入った日本人一位選手は自動的に、翌年のロンドンオリンピックの代表枠に選ばれることになっていた。世界陸上から、オリンピックへ。岸峰子の挑戦を、日本中が刮目《かつもく》して見ればいい。

連絡がつかない母の心配も忘れて、拳を握りしめていた。

選手やスタッフの家族の安否は、翌日の夕方までにはどうにか分かった。仙台出身の選手の実家もどうやら無傷だったらしく、数人で固まって「よかったね」と泣いていた。

母からは明け方に一本だけメールが届いた。棚の物が多少床に落ちた程度で家に被害はなかったこと、母自身かすり傷一つなく、ライフラインも無事なこと、最後には『だから安心して合宿に集中してください』という、彼女らしい一文が添えられていた。

その日は休養日ということになっていたが、母の無事を確認したら、いてもたってもいられなくなった。トレーニングウェアを着て外に出てみると、朝靄《あさもや》の中に辻本のポニーテールが揺れていた。

「おはよう」

「おはようございます」

二人でじっくりとウォーミングアップをしてから、走りはじめた。

結論から言ってしまえば、大邱の世界大会ではメダルに手が届かなかった。

まず、スタート地点でトラブルがあった。合図としてクッチェボサン運動記念公園の鐘とピストルが同時に鳴る予定だったのだが、鐘だけが先に鳴り、走りだした選手は10メートルほど行ったところで係員に止められた。そのごたごたで、完全に出鼻を挫《くじ》かれた。

もっともすべての選手が同じ条件下で走ったのだから、そんなことは負けた言い訳にもならない。早い話が、アフリカ勢のスピードにまったく歯が立たなかったのだ。

中盤までは、上手くレースを作れていた。体力温存のため、日本チームで先頭を交代してゆくという連携も取れていた。だが30キロを過ぎたあたりでアフリカ勢がスパートを切り、ギアを一気に一から五へと切り替えたようなその急激な変化に、日本チームは誰もついて行けなかった。

結果的にメダルは三つともケニア勢が独占した。私は日本人トップながら五位に甘んじ、記録は2時間29分34秒だった。銅メダルまで、差はきっかり二十秒。わずか二十秒だったのに、勝てなかった。

「岸、よくやった。五位入賞だ。がんばったぞ」

ゴール時の気温は三十度を超えていた。倒れ込みそうになる私の肩を、小南監督が支えてくれた。体中の水分が不足しているはずなのに、無駄遣いだと思えるほど涙が出た。

その夜、監督は大邱市内のモツ鍋の店に私を連れて行ってくれた。

フルマラソンを走った後は、最低でも二週間の休養期間に入る。その間は普段の摂生を忘れて好きなものを食べていいことになっている。甘いものやアルコールも、「常識の範囲内で」解禁だ。でもまずはダメージを受けた筋肉のために、大量のタンパク質を摂取するのが常である。

コチュジャンで真っ赤に染まったスープが、目の前でぐつぐつと煮立っていた。「さぁ、食え」と勧められても、食欲はあまりなかった。だがここでしっかりと食える人間こそが強いのだ。「いただきます」と手を合わせて、食べはじめた。思ったほど辛くはなかった。

まるでエサでも詰め込むように、機械的に箸を動かした。

「なぁ、岸」

「はい」

「すまなかった。メダルに届かなかったのは、俺の責任だ」

モツが喉につっかかった。監督が、テーブルに手をついて頭を下げている。

「そんな、やめてくださいよ」

儒教文化の韓国では、年長者が頭を下げることがなおさら奇異に映るのだろう。不必要に耳目を集めてしまい、私は慌てて手を振った。

「いいや、俺の作戦ミスだ。夏場のレースだってんで、スピードよりもスタミナの積み上げに練習の重点を置いちまった」

「だからこそ、あの暑さの中で最後まで足が止まらず走れたんです。私も納得していま す」

大学時代は渡された練習メニューをただこなすだけだったが、小南監督からは「なぜ今この練習が必要なのかを考えながらやれ」と教え込まれていた。だからちゃんと理解はしている。ケニア勢のスピードの切り替えは、我々の予想の上を行っていたのだ。

「許してくれるか」

「もちろんです。だから顔を上げてください」

「そうか。じゃあ、もっと旨《うま》そうに食え」

姿勢を正した小南監督は、ケロッとした表情でそう言った。私はよっぽど辛気臭い顔をしていたのだろう。

「すみません」と謝ると、監督が「ほれ」と手を出してきた。私の器を受け取って、鍋の具を取り分けてくれる。モヤシがいい具合に煮えていた。

「しかしこの大会を経験したのはよかった。ロンドンに向けて、課題が見えたな。これでしっかり準備ができる」

「でも監督、メダルが取れなかったから代表枠は――」

「馬鹿野郎。選考レースはまだあと三つもあるじゃねぇか」

そのとおりだった。世界陸上からオリンピックへの華やかなりし道はすでに塞がれてしまったが、横浜、大阪、名古屋の国内レースが残っている。

だが私はこの大邱で決めてしまいたかったのだ。震災の日に覚えた興奮が、見る影もなく萎《しぼ》んでいった。

「取れるでしょうか」

「取れるでしょうかじゃねぇ、取るんだよ。俺は最初っから、ロンドンに向けてスケジュールを組んであるんだからな」

「最初から、ですか」

「ああ。おまえに声をかけたときからだよ」

関体大のクラブハウスで小南監督と対面した日の記憶が引きずり出される。世界は「あんた次第」と答えた監督の、強いまなざし。窓の外では新緑が、さやさやと風に揺れていた。

「監督」

「なんだ?」

「プルコギも食べていいですか」

「ああ、好きにしろ。デザートも食え」

脂がジュワジュワと爆《は》ぜるプルコギ肉は、漬け汁に梨の風味とにんにくが利いておりとても美味しかった。食欲が無尽蔵に湧いてきた。けっきょくモツ鍋三人前とプルコギ二人前の七割がたを私が食べ、さらに海鮮チヂミ、冷麵、抹茶とバニラのアイスクリームを平らげて、監督に「いいかげんにしろよ」と呆れられた。

ホテルに戻るタクシーの中で、選考レースは優勝体験のある大阪がいいと希望を告げた。監督は窓の外に流れる大邱の夜景を眺めながら、「ああ、そうだな」と頷いた。窓ガラスに映ったその顔は、冒険を心待ちにしている少年のようだった。

二〇一一年の締めくくりは、十二月十八日の全日本実業団対抗女子駅伝だった。その年から大会は宮城県仙台市を中心としたコースに場所を移すことになっており、震災の影響で一時は開催も危ぶまれたが、「復興祈念大会」として予定通り催されることとなった。

私は五区の10キロを走った。二位で六区の辻本に襷を繋ぐと、彼女は鮮やかに一人を抜き、そのままトップでゴールイン。二〇一〇年に次ぐ連覇に、私は柄にもなく辻本と抱き合い、飛び跳ねた。思えばあれが辻本との、最高潮の蜜月だった。

その年が明ければ、一月二十九日にはいよいよオリンピック選考レースの一つである大阪国際女子マラソンが待ち構えていた。辻本も初マラソンとしてエントリーしており、「自分は先輩を勝たせるために走りますから。ペースメーカーにでも風除けにでも、なんにでもしてくださいよ」と、健気《けなげ》なことを言っていた。あのころは私も「馬鹿、あんたはあんたのために走りな」と笑える、優しい先輩だったのに。

しかし二〇一二年ははじまりから、もやもやとした暗雲が漂っていた。まず松が明けてすぐに、小南監督のお母さんが亡くなった。

監督にとっては最後の肉親だった。私より三歳年長の娘さんは、高校を卒業したあとエービー食品女子陸上部に進み、その年の夏の合宿で交通事故に巻き込まれて亡くなっていた。監督は家族についてあまり多くを語らないが、父親がいる幸田生命からの誘いを蹴って他社を選んだからには、親子関係が良好ということはなかったのだろう。奥さんとは、その二年後に離婚が成立している。

お母さんの訃報を受けて、監督は合宿を張っていた奄美から急遽《きゅうきょ》千葉へと飛んだ。社内規定により一週間の休暇をもらい、コーチにうんざりするほど大量の指示を与えて行ったらしい。

だが監督は葬儀を終えると、事後の整理もそこそこに、たったの四日で戻って来た。私が膝を故障してしまったからだ。

膝に痛みを覚えたのは、レース二週間前の40キロ走の途中だった。まずいかなという考えがチラリと頭をかすめたが、じっくりと鍛え上げてきた心臓と肺に、ここでひとつ大きな刺激を入れておきたい。翌日からは徐々に負荷を減らしてゆくことになるのだからと、騙《だま》し騙し走りきった。

それがいけなかったのだ。練習が終わってみると膝は赤く熱を持ち、見て分かるほどに腫れていた。

翌日ははじめから休養日になっていたが、それでも普通は前日の疲労を抜くために軽いジョグ程度のことはする。だが痛みが強くてそれすらできず、私はひどく苛立《いらだ》った。夕方になって戻って来た小南監督にお悔やみの言葉もかけることなく、当たり散らした。

私の症状は腸脛靱帯炎《ちょうけいじんたいえん》、いわゆるランナー膝というものだった。太ももの外側を通る靱帯が、膝の曲げ伸ばしによって大腿骨外顆《だいたいこつがいか》という出っ張った骨と摩擦を生じ、炎症を起こす。文字通り長距離ランナーに多い故障である。

「残念だが、大阪は諦めよう」

階段の上り下りですら痛がる私を見て、小南監督はそう言った。その瞬間、かっとこめかみが膨張する感覚があった。

「なに言ってるんですか。大邱のあとからずっと、大阪のために準備してきたんですよ。お願いします、走らせてください」

「岸、落ち着け」

肩に手を置かれてようやく、そこがホテルの階段だったことを思い出した。だが暴走する感情は抑えがきかなかった。涙と共に吐き出した。

「だいたい、監督が目を離すからいけないんじゃないですか。故障には気をつけてきたのに。せっかくオリンピックを目指してがんばってきたのに！」

「オリンピックには俺が必ず行かせる！」

小南監督が吠えた。私の声量を上回る声だった。

「まだ、名古屋がある」

監督が唇を引き結ぶ。頬の肉が小刻みに震えていた。涙に潤んだその瞳を、私は呆気に取られて見つめ返すことしかできなかった。

「頭を切り替えろ、名古屋だ。調整は任せろ」

それまで見たこともないくらい、監督は鬼気迫った顔をしていた。肉が落ちたのか、頬骨が少しばかり浮き出ている。そうだこの人は、大切な人を亡くしたばかりだった。そして奄美なんかにいたせいで、その死に目にも会えなかったのだ。

陸上のために選手のために、犠牲にしてきたものはもっとあったはずだ。オリンピックに行かなければ報われないのは、なにも私だけではなかった。

「いいな、分かったか」

念を押され、気迫に飲み込まれたまま頷いた。

「よし、いい子だ」

頭に置かれた手の重みに安心し、私はまた少しだけ涙を流した。

ホテルスタッフの控えめな注意を受けて、続きは監督の部屋に引き上げてから話し合った。膝の痛みをごまかしながら大阪を走ったところで記録は望めないだろうし、もっと重大な故障を引き起こすおそれもある。ならば調整は難しくなるものの、治療に専念してから三月十一日の名古屋を走る。その方針をもう一度確認して、私はランナー膝を専門的に診《み》ている鍼灸師《しんきゅうし》の元に通うため、東京に帰ることになった。

「焦りは禁物だぞ」と、監督はしつこいほど私に言い聞かせた。

「野田のときみたいな思いは、もうしたくねぇんだ」

監督は野田みどりがチームを去ったあともずっと、彼女を故障させてしまったことを悔やんでいた。野田みどりはあきらかに練習のしすぎだった。金メダルの重圧がそうさせていたのだろう。監督がもうやめろと言っても、隠れて走っていた。

「平気です。意識はもう名古屋に向いてますから」

そう強がってはみたものの、マネージャーと二人で東京に帰り、軽いジョグしかできない日々はやはり苦痛だった。膝はちゃんと、名古屋までに治るんだろうか。治ったところで調整は間に合うんだろうか。周りを見回せばみんなそれぞれの目標に向かって突き進んでいて、私だけが取り残されているように思えてくる。許可された以上の距離を走りたくなる。

一人ぼっちで寮へと帰る夕暮れなんかに、不安はふいに襲ってきた。全力で走って振り払いたいような焦燥感が、追いかけてくる。

そうか、野田みどりはこれより重くてやっかいなものを背負っていたのか。彼女のいつ見ても寸分たがわぬ笑顔を思い出した。野田みどりもあの仮面の下で、この悪魔を飼い慣らそうと戦っていたのだ。

そうやってもがいているうちに、大阪国際女子マラソンが予定通りに開催された。私はそれを、寮の自室のテレビで見た。辻本は中盤で先頭集団から外れてしまったが、30キロから盛り返して二位のウクライナ選手に迫りつつあった。

鍛え抜かれた辻本の筋肉は、走るために生まれてきたサラブレッドのように躍動し、美しかった。絵になる彼女は、頻繁にテレビカメラに抜かれていた。間もなく35キロの給水ポイントだ。取り損なえと祈り、そんな自分に気づいて愕然《がくぜん》とした。初マラソンらしく十位前後でゴールインしてくれれば、彼女をこんなに憎まなくてもよかっただろうに。辻本は危なげなくドリンクを取り、そのまま残り7・195キロを快走して三位に入った。タイムは2時間24分57秒という、初マラソンとは思えない立派なものだった。

小南監督に労《ねぎら》われて満面の笑みを浮かべる辻本の顔が、画面に大写しになっていた。私が彼女に対する明確な憎しみを、自覚したのはそのときだった。

そのレースの優勝者は天神屋《てんじんや》の重松《しげまつ》さんで、タイムは2時間23分23秒。二位のウクライナ選手を1分23秒も引き離し、この時点で彼女はオリンピック代表の最有力候補となった。

辻本に対する浅ましい感情を、銅メダルを携えて凱旋《がいせん》した本人に対して露わにせずにすんだのは、ひとえに私の体調が上向きになっていたからにすぎなかった。

さすがランナー膝の権威にかかっているだけあって、私の膝は通院をはじめて十日もするとすっかり痛みを忘れ、徐々に負荷の強いトレーニングができるようになっていた。もしもまだ痛みにあえいでいる最中ならば、「おめでとう」と笑顔で辻本を迎えることはできなかっただろう。

とはいえ私を見る辻本の目が訝《いぶか》しげに揺れていたから、気づかぬうちに不穏なものが奥のほうから滲《にじ》み出ていたのかもしれない。そう、まるでかつての野田みどりのように。

膝がよくなった私は、辻本と入れ替わりで奄美に飛んだ。東京に戻って来るのは名古屋のレースが終わったあとだ。それまで辻本との接触はなく、心穏やかに練習に臨めるはずだった。辻本になんの非もないことは、頭では分かっている。彼女に一方的な敵意を抱いてしまうのは、私にとっても苦しいことだった。

しかし辻本の幻影は、奄美にいてもつきまとった。各メディアの、彼女の取り上げかたが異常だったのである。「女子マラソン界にニューヒロイン誕生！」だの「可愛すぎる実業団ランナー」だの、特に週刊誌は優勝者の重松さんより圧倒的に辻本を祭り上げた。

彼女の美貌にはすでに定評があったが、実業団駅伝よりもマラソンは、はるかにファンの裾野が広い。まだ選考レースは残っているのに、辻本のオリンピック代表入りを期待する声も少なくはなかった。

けっきょく美しさというものは、女の価値を最大限に左右するのだ。どれだけ足が速くても、頭がよくても、商才があっても、不美人というだけで蔑まれる。偉業を成し遂げた女性アスリートが、「でもお前、あれと寝られる？」などと酒の席の下世話な品評にかけられるのはよくあることだ。くだらないとは思うものの、それを表立って批判するのもまた、不美人のやっかみと取られがちだった。

辻本が色気のない口調で喋るのは、中学高校の部活動を通して、チームの女子から不当な反感を抱かれないためにと身につけた処世術である。「わざとがさつに振る舞ってたら、すっかり癖になっちゃいまして」と苦笑いをする辻本に、美人も大変だと同情したこともあったが、これだけの見返りがあればそれは、妬《ねた》みを買うのもしかたのないことに思われた。

とはいえ本当のことだから、辻本の枕詞《まくらことば》が「可愛すぎる」であることはべつに構わない。だがとある雑誌で「小南達雄の秘蔵っ子」と書かれていたのには、腹が煮えた。

監督の秘蔵っ子は、私じゃないか。

彼自身が発掘して、育て、そしてオリンピック代表まであと一歩のところまで来ているのは、この私だ。辻本なんて小南監督がいなくてもどこかの実業団で走っていただろうし、それなりに結果も出しただろう。今回の大阪だって、監督は「力試しのつもりで走れ」と辻本に言っただけで、私を相手にするときの熱意のようなものはまるでなかった。

だからロンドンに行くのは、この私だ!

本番まですでに一ヵ月半もなかったが、その執念が私から不安を追い払った。

世間に知らしめてやらなければ。岸峰子がここにいるということを。

その年から名古屋国際女子マラソンは名古屋ウィメンズマラソンと名前を変え、女性限定の大規模な市民マラソンとしてリニューアルされていた。奇《く》しくも三月十一日。悲しみと苦痛と不安の声の中でオリンピックに行く覚悟を固めた、震災のあの夜から一年の節目である。女ばかり一万三千人あまりも集まるという大レースの中で、喝采を浴びながら一番にテープを切る瞬間を思い浮かべた。

レース当日は朝九時十分のスタートということもあり、気温は七度とひんやりしていた。だが空は水色の水彩絵の具で塗りつぶしたみたいに晴れていて、気持ちのいいコンディションだった。

ナゴヤドームにはじまり、ナゴヤドームに戻ってくる42・195キロ。私は招待選手としてスタートラインの際《きわ》に立つ。一般ランナーの並ぶ後方は道幅いっぱいをカラフルなウエアに埋め尽くされていて、しかもそれが途方もなく続いていた。

女性しかいないはずなのに、マラソン人口はこんなにも多いのか。そう思うと感慨深いものがあった。友達と談笑しながらリラックスした表情でスタートを待っている彼女らは、楽しそうだった。なるほど、ああいうスタンスもあるのかと思った。

だが私は、走るからには高みを目指したかった。記録がほしい、名声がほしい、そういうかたちで報われたい。

だからおそらく引退をしても、あちらのブロックに加わることはないだろう。趣味や人生の彩りにしてしまえるほど、私はこの競技を愛していない。ただこれだけしかできないから走るのだ。

「リニューアルでコースが変更されて、かなりフラットになったな。だからこそ34キロ付近の上り坂は足にこたえるだろう。おそらくここが勝負どころだ。飛び出す選手にくらいつけ。お前の今の足なら40キロ地点で必ず差せる」

競馬用語まじりの小南監督のアドバイスを頭の中で反芻《はんすう》しながら、そのときを待つ。

スタートの号砲が鳴り響いた。

そのレースにエントリーしていた日本人有力選手といえば、ホクランの赤星さん、大滝製薬の江藤さん、ダイヒツの上里《うえさと》さん、糸井山友海上の渋谷《しぶや》さんといったところ。彼女たちを抑えてトップに立たないかぎり、ロンドンへの道は完全に通行止めになってしまう。なんとしても勝たなければいけなかった。

しかしその思いはどの選手も同じだった。ペースメーカーが離脱した23キロ地点での先頭集団は、日本人選手ばかりの計七名。私はその塊の一番後方に控えていたからよく見えた。有力選手は全員いて、絶対にはぐれるものかという気迫がその後ろ姿に漲《みなぎ》っていた。

それでも少しずつ先頭集団は細ってゆく。勝負どころの上り坂にさしかかる前に、江藤さん、私、上里さん、赤星さんの四人に数を減らしていた。上り坂で最初に飛び出したのは、赤星さんだ。二月に足首を故障したと聞いていたが、実に強気なスパートだった。

とはいえまだ本調子ではなかったのだろう。他の三人がそのスピードに対応すると、赤星さんのほうがもたず、ずるずると後方に沈んでいった。

私の脚にはまだ余裕があった。上り坂がいい刺激になったのか、むしろ軽いくらいだった。この調子なら、40キロを過ぎてから江藤さんと上里さんを引き離せる。番狂わせが起こったのは、そう確信したときだった。

タッタッタ、という軽快な足音が背後に聞こえたかと思うと、赤いランシャツの外国人選手が私の横をすり抜けて行き、トップに立った。まさかと目を疑った。それはかなり早い段階で先頭集団から離脱したはずの、ロシア人選手マルコワだった。

どうしてこの人が、ここにいるの？

彼女のことはすでにマークから外していた。まるでマジックでも見せられた気分だった。マルコワは37キロ地点で最後のスパートを切った。それに乗り遅れたのは、頭の中から混乱が抜けきれていなかったせいだろう。赤い背中がなんだか遠くなったようだと気がついて、私と上里さんは慌ててギアを入れ替えた。江藤さんはついてこられなかった。

しかしマルコワには追いつけない。距離はどんどん開いてゆき、40キロ地点では40メートルの差がついていた。私は上里さんの斜め後ろにぴったりとついて走りながら、頭を切り替えることにした。

私のスピードでマルコワを仕留めるのはもう無理だ。無茶なスパートは自滅に繋がりかねない。惜しいが優勝は諦めよう。目下の敵は上里さんだ。腕時計によれば40キロの通過タイムは2時間17分を切っている。この調子で走りきって日本人一位なら、おそらくオリンピックの代表枠に滑り込める。

最後の大きな交差点にさしかかる。外に膨らまぬよう、直線的に右にそれるようにして上里さんを抜きにかかった。だが相手も必死である。動きを読んだようにすっと右にスライドし、肩で進路をブロックされた。

しぶとい。40キロ地点で差せるはずじゃなかったのかよと、監督の助言に対して悪態をつく。小柄な上里さんにすぐ前を行かれると、振った腕が思わぬところに当たりそうで走りづらい。三十六キロしかないというこの体のどこに、自然薯《じねんじょ》のような粘り強さが隠されているのだろう。マラソンを走っているとよく分かる。小柄な女ほど気が強い。

ナゴヤドームへと続く最後の600メートルの直線に入っても、私はまだコバンザメのように上里さんにくっついていた。前に出るだけならいつでもできる。しかしその勢いで引き離さなければ、再び上里さんに抜かれてしまう。

じりじりと勝負に出る隙を窺《うかが》ううちに、ナゴヤドームが見えてきた。その外周をぐるりと回って裏側のゲートを入り、アリーナの中に設置されているゴールを目指す。ゲートからフィニッシュまでは150メートル。ドームに入る前に上里さんをかわさなければ。

膝は大丈夫、痛くない。振り絞ればもうひとスパートかけられる体力は残っている。私を背後に背負っていた上里さんのほうは、プレッシャーにスタミナを削られたようだ。残り300メートルで、彼女の足が一瞬鈍るのが分かった。

ここだ！

臍《へそ》を突き出すようにして、ぐんと前に出る。加速する。上里さんの体温が、さっと後ろに引いてゆくのが分かった。そのスピードをキープしたまま、ゲートをくぐる。

ドームの中には、打ち鳴らされるスティックバルーンの音と歓声が、割れんばかりにこだましていた。飲食ブースに設けられたB級グルメの屋台から、肉の焼けるにおいが漂ってくる。「ああ、お腹が空いた」と思ったら、こんなときに食欲かと、可笑しくなって笑ってしまった。中継で「笑顔のゴールイン！」と報じられたのは、そのせいだ。

両手を高く突き上げる。そして私は歓喜と祝福と称賛の中に溶けていった。

その日の記録は2時間24分12秒の、自己ベストだった。


世界陸上五位入賞と、名古屋ウィメンズマラソン日本人一位の実績があれば、オリンピックの代表に選ばれるのはまず間違いない。自信はあったが、翌日開かれた日本陸連の理事会で実際に選出されたと知ると、思わず隣にいた小南監督に抱きついてしまった。

そのニュースが入ったのは、東京へ戻る移動の新幹線の中だった。監督の胸で泣きじゃくる私は、完全に悪目立ちしていたことだろう。監督はおじいちゃんのような笑顔を浮かべて、「泣くな、泣くな。いよいよこれからだぞ」と、私の肩を撫でてくれた。

女子マラソンの代表三枠は、前年十一月の横浜国際で初優勝を飾った木関さん、一月の大阪国際で優勝した重松さん、そして私。補欠にはなんと、大阪国際でのタイムが評価された辻本が選ばれていた。

新幹線が東京駅に到着すると、そのまま記者会見のあるホテルに向かってくれと指示があった。泣き腫らした瞼《まぶた》はもはやどうにも治まらず、私は会見の間始終うつむきがちに喋らなければならなかった。小南監督が「な、だから泣くなって言ったろ」と、いたずらっぽく耳打ちをした。

「おめでとうございます！」

慣れない記者会見に疲れきって寮に帰って来た私を、出迎えたのはクラッカーの破裂音だった。

温かい拍手が降り注ぐ。玄関から食堂まで、東京に残っているチームメイトとスタッフが並んで花道を作っていた。

まさかこんなふうに歓迎されるとは思わなかったから、私は「ありがとう、ありがとう」と肩を縮めながらその道を行った。食堂はクリスマスみたいに金色のモールで飾られて、壁一面に『祝！　岸峰子選手ロンドン五輪女子マラソン代表選出』という達筆の横断幕が掲げられていた。

ひときわ大きな拍手に振り返ると、辻本が晴れやかに笑っていた。この子はあと一歩のところで代表の座を逃したことが分かっているのだろうか。そう疑いたくなるほどの屈託のなさだった。こんな自覚の足りない子に脅《おびや》かされていたなんてと、己の不甲斐なさを笑った。

私は辻本に近づいて、その形のいい額を軽く指で弾いた。

「いてっ！」と辻本が額を押さえる。

「他人事《ひとごと》みたいに祝ってる場合か。あんたも補欠に選ばれてんでしょ。気を緩めんじゃないよ」

「いいじゃないっすか、めでたいものはめでたいんですから。それに補欠なんて、出番がないほうがいいでしょう。ほらこの横断幕、筆耕室の山中《やまなか》さんが書いてくれたんすよ。明日からこれ、社屋の外壁を飾るらしいです」

「やだ、なにそれ晒《さら》し者みたい」

「晒されちゃってくださいよ。こういうときのために会社は我々を雇ってんすから」

「じゃあ、特別手当てをもらわなきゃね」

辻本につられて軽口が出る。久しぶりに私は自分の笑う声を聞いた。この子が補欠でよかったと、心から思った。

「おいおい、おまえら浮かれるのもたいがいにしとけよ」

小南監督が頭に絡まった紙テープを払い落としながら食堂に入ってくる。壁の横断幕を見上げて、ニヤリと笑った。

「俺らの目標はこんなもんじゃねぇぞ。オリンピックに出て、金ピカのメダルを取ってくることだ！」

「よっ、監督！」

「岸さん、がんばってね」

「がんばってね、じゃねぇよ。トラックの代表選考はまだこれからなんだからな。しまってけよ」

四月に入ればトラックシーズンの到来である。代表選考会を兼ねた六月の日本選手権に向けて、高地トレーニングのメッカであるコロラド州のボルダーに入っている選手も何人かいた。

「いいかてめぇら、岸に続くぞ、おー！」

監督の煽《あお》りに乗って、チームメイトが拳を上げる。身近な人間が代表に選ばれたという興奮が、彼女らの士気を高めていた。みんながまるでご利益でも求めるように、「岸さん」「岸先輩」と私の手を握ってくる。

彼女たちの目指す先に、私がいた。照れ臭いながらも気持ちがよくて、間違いなく私は今、人生のピークに立っているのだと確信した。

翌日からは、各メディアの取材攻勢がそれまでの比ではなかった。たまたま私の初マラソンのインタビューを撮っていたテレビ局が特集を組むとかで、寮や練習場にカメラが入り、三日にわたり生活に密着されたりもした。

スケジュールの中には東京都知事を表敬訪問するというものまであって、ますます訳が分からない。休養期間中だというのに、練習をこなしていたほうがマシだと思えるくらい疲れ果ててしまった。

しかしなにより私の心に重くのしかかったのは、善良な人たちの励ましの言葉、「がんばってね」である。

会社では顔と名前が一致していない人からも声をかけられて、寮の周りを軽く流していると『岸さぁん』とおばさんたちに手を振られる。ご飯を食べに行けば定食屋の親爺《おやじ》さんに「期待してっからよ」とから揚げをサービスされ、傘を忘れてずぶ濡れで歩いていたら「風邪をひいたらどうするの」と、ビニール傘をくれたお婆さんもいた。

私の知らない人たちが一方的に私を知っていて、しかも全力で応援してくれている。それは不思議な感覚だった。私がどんな成績を残そうとも彼らの生活は一ミリリットルも潤わないのに、勝手に私の姿になにかを投影して夢を見たがる。

そもそもこの国の人たちは世界で活躍する同胞が好きだ。特にスポーツでは、身体的ポテンシャルがさほど高くはない日本人のコンプレックスが爆発する。世界に通用する才能が生まれると熱狂的に応援し、その活躍によって自分たちの地位まで向上したような錯覚に陥る。

　つまり私が手にしたロンドン五輪代表選手という肩書きは、女子マラソン界の代表ではなく、世界と渡り合う日本人全体の代表なのだった。

　寮のお風呂でシャンプーをしながらその考えに至ったときは、ゾッとした。私はただ岸峰子という名前を人類の歴史の壁に書き残したかっただけなのに、どうしてそんな重たいものを背負わされなくちゃいけないんだ。それともこの重責に耐え抜いて花を咲かせてこそ、価値ある人間と認められるのだろうか。

　だとしてもロードワークの最中にサインを求められたり、勝手に携帯のカメラを向けられたり、一面識もない相手から呼び捨てにされたりといった無礼には、どう対応すればいいのだろう。私は目に見えて苛立ちはじめた。本格的な練習に入る前に少し体重を増やしておきたいのに減る一方で、めまいや吐き気にまで悩まされるようになった。

　その変化をいち早く察知したのは小南監督だ。三月二十日から一週間、ボルダーにいる選手の確認のために渡米していたが、帰国してすぐに私を監督室へと呼び出した。

「どうだ岸、早めに菅平《すがだいら》に行ってみねぇか」

　監督は私のことをよく見ていた。むしろ神経質とも言えるくらいで、クシャミ一つで顔色を変えた。彼には彼で八月五日の本番に向けて、日本人代表である私を故障なく完璧に仕上げ、ロンドンに送り込むという責務があるのだ。それもまた、心労の多い立場であったに違いない。

「いい空気吸って、旨いもん食って、ちょっとゆっくりしてから脚作りに入ろうや」

「いいんですか」

１３００メートルの準高地である信州上田市の菅平高原には、四月下旬から合宿に入る予定になっていた。六月からは「チーム・ジャパン」として、代表三人がアリゾナ州のフラッグスタッフで合宿を行うという構想が持ち上がっていたから、そうなるとまた周囲は騒がしくなるだろう。

「取材制限もかけてやるよ。最近ちょっとうるせぇからな」

少しだけ息を抜く時間を作ってやろうという、監督の心遣いが胸にしみた。鼻の奥がつんと痛み、「ありがとうございます」と言う声が水にふやけた。

「あーあ。おまえはホント、顔に似合わずすぐ泣きやがる」

「どういう意味ですか、それは」

「どっちかってぇと、強面《こわもて》だろ」

「女性に言うことじゃないですよ。ほっといてください」

「でも泣いた数だけちゃんと強くなった。俺はお前を誇りに思うよ」

その言葉はまるで魔法の手のように、ささくれ立っていた私の心をすっとなだめた。不特定多数の「頑張れ」よりも、ずっと甘くてお腹に溜まる。ちびっこマラソンで優勝して、母から手放しに褒められたときの幸福感とよく似ていた。

「岸、辛かったらすぐに言えよ。少なくともロンドンまでは、俺とおまえは運命共同体だ」

この人がいてくれてよかった。オリンピックという重責に、一人で立ち向かわなくてすむ。私は唇を噛み締めて、小刻みに頷いた。

あのころの私は小南達雄という人に、全幅の信頼を置いていた。まるで羊水の中にたゆたう胎児のように、無防備に。監督もまた期待に全力で応えてくる私のことを、可愛いと思っていたに違いない。師弟の絆は信頼と愛情によってあざなわれ、美しくも強靭だった。

菅平高原には四月五日に入ることが決まり、監督からはその前に血液検査をしておくように言い渡された。女性アスリートにとって貧血は常につきまとう悩みの種だ。血液検査は普段から月に二度、特に高地トレーニングに入る前後には必ず行う。血中の赤血球量とヘモグロビン濃度の変化を測るためである。

私はいつもの内科ではなく、婦人科的アプローチもしてくれる女性アスリート外来を受診した。監督には言えなかったが、名古屋を走ってからごく微量ではあるものの、茶褐色の血が混じったおりものが出続けていたのである。気にするほどのことではないがついでに診てもらっておこうという、軽い気持ちだった。

しかし私の体調不良の原因は、たいそうシンプルに説明がついた。

「あら、妊娠してるわね」

という、女性医師のひとことで。

こんな結末は予想していなかった。鼻の横に目立つホクロのある医師の顔がホクロを中心にグニャリと歪み、私は後ろ向きに倒れていった。


大粒の雨がトタン屋根をバラバラと叩く音を聞くと、あの日私に降りそそいだストロボの光が瞼の裏によみがえる。目頭から一粒だけこぼれ落ちた涙を逃すまいと、マスコミ各社が先を競うようにシャッターを切った瞬間を。

外には春の嵐が吹き荒れて、盛りを過ぎた桜の花びらを派手に散らして回っていた。私のロンドン五輪代表辞退会見の会場は、心なしか四週間前の代表選出会見のときより大きくて、前列に陣取ったカメラマンも質問の記者も、ひりひりするほど攻撃的だった。

「岸選手、今回の妊娠に気づいた経緯をお聞かせ願えますか」

記者用に用意された席はすべて埋まっていた。小ざっぱりしたスーツの男性が挙手をして立つ。その質問に答えようとするも、こちらに向けて設置されたマイクの数が多すぎてどれに向かって喋ればいいのか分からない。声が出ない。

「準高地トレーニングに入る前に岸が血液検査を受けに行って、それで発覚となった次第です」

代わりに隣に座る小南監督が、マイクを一本自分のほうに引き寄せた。珍しくスーツを着ていて、髭は丁寧に剃ってある。だがその目は深く落ち窪み、ギョロリとした眼球は照明を受けて恐ろしいほど光っていた。

「その事実を、監督はどの段階でお知りになったんですか」

「病院から戻って来た岸に、一番に相談されました」

「監督はそれで、なんておっしゃったんですか」

「馬鹿なことをしたもんだと思いましたが、産めと言いました」

監督の返答に会場がざわつく。ベージュのスーツを着た女性が指名されて立ち上がった。この人は知っている。東西新聞社会部の山本《やまもと》さん。以前特集記事を組んでもらったことがある。

「日本代表の責務を全うするためには、堕胎という選択肢もあったのではないですか」

口の中に粘っこい唾が湧いてきた。気を緩めると吐いてしまいそうだった。彼女はたしか三十代半ばで、まだ新婚だったはずだ。将来母親になるかもしれない人が、なんというグロテスクな発言をするのだろう。

だが彼女に非難の目を向ける人は、誰もいなかった。社会的利益の前には個人の事情など犠牲にされてもしかたがないと、企業の奉仕者である彼らには教育というかたちで刷り込まれている。たとえそれが、宿ったばかりの生命だとしても。

口元の汗を押さえるふりをして、飲み下せない唾をハンカチに吸い取らせた。唇が自嘲ぎみに歪む。

そうは言っても私だって、はじめは堕胎するつもりでいたのだ。ただそれによる体へのダメージがどの程度のものか分からないから、練習に影響が出てはいけないと思って監督に相談をした。かわいそうだけど、今度ばかりは時期が悪かったのだ。次は必ず産んであげるからと、気持ちに折り合いをつけていた。

そんな私を、監督は怒鳴りつけたのだ。「馬鹿野郎!」と。

そのときの激しさを瞳の奥に宿し、監督は山本さんの質問に答えた。

「そういや昔、共産圏の女子選手が計画的に妊娠、中絶させられてたって噂《うわさ》がありましたな。ステロイドホルモンの分泌を促進するためだそうですが、そのような非人道的ドーピングを、させよとあなたは言うんですか」

「小南くん」

監督の向こう側に座っていた日本陸連専務理事が、慌てて監督に耳打ちをする。たぶん「言葉を慎みなさい」とか、そういうことを言っている。

「失礼。私は陸上競技を愛しております。ですが人生が陸上競技の犠牲になってはいけないとも思っとります。岸はまだ、若いですから」

「つまり、マラソンをやめて次の人生を歩ませるということですか」

「それは岸がこれから考えて決めるでしょう」

「でも、あまりに無計画で無責任じゃありませんか。国民の期待を裏切って、その責任をどのように受け止めていらっしゃるんですか、岸さん」

質問者が次々と代わってゆき、一人が私を名指ししたせいで、だんまりは許さないぞという視線が四方八方から突き刺さった。そういえば、この模様はワイドショーで生中継されているんだっけ。あのテレビカメラの向こう側にも、私を弾圧する無数の目があるのだろう。

「私の、軽はずみな行動が——」

会見がはじまる前に「岸さんはこれだけ言えばいいから」と、陸連専務理事から手渡されたメモの文面を頭に浮かべる。長年言葉を発していなかったかのように、声がかすれきっていた。

「国民の皆さま、そして関係者の皆さまに多大なるご迷惑をかけることとなり、まことに申し訳なく思っております」

そのお仕着せ感丸出しの謝罪はむしろ、逆効果だったようだ。

「ちゃんと自分の言葉で謝ってくださいよ！」と、着席したままの記者から野次が飛ぶ。

「そうだそうだ」と、同調する声があちこちから上がった。

「父親はどなたなんですか」

司会進行役が「ご質問の方は挙手をお願いします」と言い、指名されたのは先ほどの山本さんだった。糾弾的な口調から、相手の男も同じ土俵に引きずり出さなければ気がすまないという意気込みが伝わってきた。専務理事がマイクを取った。

「それに関しては、この場での明言は控えます」

「小南監督もご存知の方なんですか」

「控えます」

この問答のせいで、ネット上では「父親は小南達雄じゃないか」という失礼極まりない憶測が飛び交うことになってしまった。しだいに「国賊の岸には父親を明かす義務がある」という風潮が強まって、一斉に父親捜しがはじまり、そしてあっさりと暴かれた。

相手はコミタの陸上競技部に所属する、菅原大地《すがわらだいち》だ。関体大陸上部時代の同期である。巨大掲示板の書き込みによれば、四年次の箱根駅伝でエースを務めた菅原に私が一方的に惚《ほ》れ、猛烈にアプローチをしたことになっていた。

当たらずといえども遠からず。実際には私の気持ちを察した菅原のほうから、卒業前に「つき合おうか」と言ってきた。コミタの陸上部の寮は多摩市にあり、我々の寮がある町田市のすぐ近くだ。菅原にしてみれば、近場に都合のいい女をキープしておこうという魂胆があったのだろう。

とはいえお互い合宿や遠征に出ていることが多く、土日もトレーニングに費やされ、しょっちゅう会えていたわけではない。それでもまったく問題はなかった。私が最も菅原に熱を上げていたのはスランプ期の大学三年生のころである。マラソンに出会ってからはどんどんそちらの比重が大きくなり、ふと気づけば一ヵ月間電話もメールもしていない、なんてこともざらにあった。

菅原に他の女の影を感じたことは何度かあったが、彼にとっては「会えないこと」が口論の種にならない私がけっきょく楽だったのだろう。狭い世界だから互いの近況は聞かなくても分かるし、それなりに尊重し合ってもいる。そういうわけで、なぜか切れずに続いてきたのだ。

そんな私たちが、その年の一月半ばから終わりにかけては頻繁に会っていた。私は膝を故障して奄美から戻って来たばかりで、不安を紛らすには男の人に可愛がられるのが一番だった。それではなにも解決しないと分かっていたけど、力強い男の腕に抱かれていれば心が体から離れて行かないような気がした。

菅原もまたニューイヤー駅伝のあとアキレス腱炎を悪化させて満足に走れておらず、ままならなさと苛立ちの中でどちらとも、寄りかかれるものを欲していた。

「今は妊娠何ヵ月目ですか」

男性記者の質問に、我に返る。小南監督が答えた。

「四ヵ月だと聞いています」

「では名古屋ウィメンズマラソンを走ったときは、三ヵ月だったんですね。気づかなかったんですか?」

「そのようです」

まったく気づかなかった。生理なんてもうずっと来ていなかったから、大丈夫だと思っていた。それなのに、膝を故障したショックにより、排卵が促されたとでもいうのだろうか。名古屋を走ってからは原因不明の嘔吐《おうと》感に悩まされていたけれど、妊娠の可能性などチラリとも頭をかすめなかった。

妊娠何ヵ月とか何週とかいうのは、最終月経開始日からカウントするものだそうで、生理が不順であたりまえの私はエコーで見た胎児の大きさから割り出してもらった。妊娠月数は「数え」なので四ヵ月というと違和感があるが、一月のあの時期にできた子供で間違いはないようだった。

「小南監督の管理責任が問われていますが、それについてはどう思われますか」

「もちろん今回のことは、私の管理の甘さが招いた事態です。人事のほうから監督を退けという下達があれば、それに従う所存でおります」

前三列に陣取っているカメラマンが、さっとカメラを構え直した。彼らは記者会見の潮時をよく分かっている。

「この度は、国民の皆さまの期待を裏切り、このような騒ぎになってしまったことを、心より深くお詫《わ》び申し上げます。申し訳ございませんでした」

「申し訳ございませんでした」

まるで芝居の口上のような監督の締めの謝罪に声を被せ、二人同時に頭を下げた。再びストロボの瞬きが雨あられと降りかかる。それが終わるまで、そのままの体勢でじっと待った。嵐はなかなか去らなかった。


会見場から控えの間までは、ホテルの案内係が先導してくれた。

監督は蔦《つた》模様の絨毯《じゅうたん》が敷きつめられた廊下を、一歩一歩踏みしめるように歩いていた。斜め後ろから見ると頬の削げてしまった輪郭が際立ち、なにか言わなきゃと思うのに、なにも言葉が出てこない。この先どうなるんだろうという不安ばかりが胸を占め、私はただひたすら戸惑っていた。

「あの——」

おそるおそる声をかけた。「すみませんでした」と言うべきか、それとも「ありがとうございます」だろうか。どちらもあまり、しっくりこない。

「なぁ、岸よ」

迷っていると、監督のほうから呼びかけてきた。かたくなに前を向いたまま、こちらを振り返ろうともしない。窓から差し込む光が眼鏡のフレームを黒く浮き上がらせていた。

「これもやっぱり、俺が目を離したのが悪いのかよ」

涙腺が突然、馬鹿になった。見たこともない勢いで涙がこぼれ落ちてゆく。気づけば私は膝を折り、床に手をついていた。

この人を幻滅させてしまった。居並ぶ記者にも「国民の皆さま」に対してもすまないと本心では思わなかったが、それだけは胸に錐《きり》を差し込まれたように痛かった。

「監督！」

だがやはり、続く言葉は見つからなかった。許してください、ぶってください、嫌いにならないでください、罵倒してください、抱きしめてください、一生許さないでください。それらの感情をまとめたひとことがあるはずもなく、嗚咽《おえつ》を嚙み殺すこともできず無様に洟《はな》をすすり上げた。

「岸、もういい。もういいよ」

監督が足を揃えて立ち止まったのは、ほんの一瞬だった。

「幸せになれや」

監督の背中がエレベーターホールに向かって遠ざかってゆく。案内係が慌てて後を追い、監督に軽くあしらわれた。控えの間には寄らずに帰るつもりらしかった。

私は監督がエレベーターに乗り込むのを、ただ茫然と見送った。

「幸せになれ」と言われても、私の中にはなんのイメージも湧いてこず、ただ胸に空いた穴を冷たい風が吹き抜けてゆくばかりだった。

私たちが会見場を退出してから、日本陸連専務理事は補欠の辻本皐月を代表選手に繰り上げると発表した。六月二十九日には補欠登録が解除され、それ以降に代表辞退が出ればその分は空席になってしまうところだったから、早めに分かったのがせめてもの救いだと世間では言われていた。

だが私は辻本を行かせるくらいなら、妊娠の発表をもっと先延ばしにすればよかったと歯噛みした。貴重な代表枠を無駄にしてでも、私の代わりには何人《なんぴと》も行かせたくはなかった。私の不幸によって誰かが恩恵を受けるなんて、とてもじゃないが耐えられない。

「あの、自分、先輩の分までしっかり走ってきます。必ずメダル取りますから」

なのに辻本は、わざわざ面と向かってそんなことを言ってきた。

この子は馬鹿なのだろうか。マラソンは駅伝とは違うのだ。あんたのメダルはあんたのもので、私の首にはかからない。どこかに重大な故障でも抱えて、オリンピックに出られなくなってしまえばいいのにと、心から願わずにはいられなかった。

そのまま傍にいれば、私の中で肥大した悪魔が辻本の喉笛に噛みついていたかもしれなかった。しかし辻本はほどなくして、菅平高原での合宿へと向かった。よかった、これで彼女を傷つけずにすむ。物理的な距離ができたことに、私は感謝した。

解任の覚悟まで固めていた小南監督は、会社に慰留されてその立場に留《とど》まった。ここで監督に去られると、辻本の指導を任せられる人がいなくなる。つまり責任追及は先送りとなったのだ。

その結果、辻本は銅メダルに手が届いた。監督を窮地に追い込んだ私とは違い、辻本は彼の命綱として、実にいい働きをしたのである。

オリンピックが終わるとしばらくは日本中が辻本フィーバーで、テレビで彼女を見ない日はなかった。その隣では小南監督が、満面の笑みを浮かべていた。

監督の首が繋がったことは嬉《うれ》しかったが、辻本と共に祝福されているところなんて見たくはなかった。そのくらいなら私と一緒に、堕《お》ちるところまで堕ちてほしかった。

私は四月下旬に陸上部を辞め、二ＬＤＫのマンションを借りていた。子供の父親である菅原はネットや週刊誌に取り沙汰されて、もう逃げられないと悟ったらしい。憔悴《しょうすい》しきった顔で一枚の紙に判をつき、私たちは夫婦になった。

妊娠三ヵ月でフルマラソンを走りきったというのに、お腹の子は問題なくすくすくと育っていた。「強い子ですねぇ」と産科医には感心されたが、ロンドンを走る辻本を見ていると、我が子のしぶとさを恨まずにはいられなかった。

いっそ流れてくれていれば。そう思った自分に失望した。ごめんねと謝りながら腹を撫でると、肋骨に差し込むような衝撃がきて息が詰まった。まるで私を罰するように、胎児が腹を蹴り上げたのだった。

娘は十月十九日の早朝に、二千九百八十グラムの健康体で生まれてきた。

私はその子に栞《しおり》と名づけた。

かけっこがあまり速くなさそうな名前がよかった。


二〇一五年二月二十二日、東京マラソン。

ブランクはすでに三年近い。

だが最後に走った名古屋ウィメンズマラソンの記録がまだ生きていて、エリートランナーとしてエントリーできたことはありがたかった。あるいは小南監督は、そんなことも承知の上で「東京マラソンを走れ」と言ったのかもしれない。

最後の橋である東雲《しののめ》橋を越え、東雲一丁目を右折すると、沿道から和太鼓の演奏が聞こえてきた。40キロ地点の東雲団地前である。腕時計を流し見ると、ここまでは2時間32分06秒というタイムで来ていた。大丈夫、目標には充分間に合う。

「頑張れー!」

温かい声援が追いかけてきた。サングラスで顔が隠れているせいか、市販のランシャツにゼッケンをつけただけだからか、沿道の観客には私が誰だか分からないようだ。

男子はこのレースが世界陸上競技選手権大会の代表選考を兼ねており、マスコミ各社もそちらの取材に比重を置いている。だから女子は招待選手ならともかく、エリート枠に関してはほぼスルーで、岸峰子が紛れ込んでいることには気づかれていないのかもしれない。石の代わりに声援を投げかけられるなんて、なんだかきまりが悪かった。頑張れと、言ってもらえる資格はないのだ。性懲りもなく出てきやがってと責められて当然のことを、私はやった。あれはスポーツ界の歴史の中でも、稀《まれ》に見る醜聞だったと自覚している。

だがそれと、走ることを諦めきれないのとは、また別の問題だ。

ゆりかもめの高架下を、軽快とは言い難いフォームで駆けてゆく。故障でもしたのか、招待選手の江藤さんがずるずると落ちてきた。脚はもうほとんど動いていないが、気力だけで前に進んでいる。

その横をすり抜ける瞬間に、江藤さんがくるりとこちらに顔を向けた。誰に抜かれようとしているのか、分かったのだろう。驚愕《きょうがく》の表情を浮かべている。レースの間になにが起きるか分からないのが、マラソンというものだ。

それはまさしくそのとおりで、私にも間もなく二度目の限界がきた。

あと一キロを切ったところで、右の太腿に痙攣《けいれん》が走る。やはり距離を踏めていないのが影響したか。股関節の痛みも、もはや無視できないものになっていた。こんなところが痛むのは、出産を経て体の重心が変わってしまったせいかもしれない。

目標タイムまであと3分57秒。刻一刻と残り時間が減ってゆく。落ち着け、と太腿を強く叩いた。

思い出せ、走れない日々の鬱屈を。誰からも褒められることのない家事と育児に追われながらも、「走りたい」という衝動は抑えきれなかった。

「市民ランナーじゃ満足できないのかよ」

別れた夫の声が耳に蘇る。

できない。たとえば私が今走っているこの道も、しばらくすれば大勢の市民ランナーに踏み荒らされる。その中に交じってサブスリー《3時間切り》達成を喜べるような人間ならば、はじめからマラソンなど走っていない。

「ぽっぽ、ぽっぽ」

今度は娘の声だ。一歳の誕生日が近づいたころ、家族三人で上野動物園に出かけて行った。そのころの栞にとって鳥は押し並《な》べて「ぽっぽ」だったから、彼女が指していたのが白鳥なのか、その餌を狙って入り込んだ鳩なのかは分からない。ただ風切羽を切られた白鳥は、自由に飛翔する鳩を見てなにを考えているのだろうかと、そんなことばかりが気になった。

だが私は脚をもがれたわけじゃない。指をくわえて他人の走りを眺めているのはこりごりだ。この脚で、必ずもう一度羽ばたいてみせる。

走りながらゼッケンの四隅を留めた安全ピンを一つ外した。鍼灸治療なら今まで数えきれないほど受けてきた。見よう見まねだが、4分弱をごまかせれば充分だ。

このへんだろうか。少し立ち止まり、太腿に安全ピンを突き刺した。

エチオピア人選手がぎょっと目を剝いたまま、私を追い越してゆく。クレイジーだと思われただろうか。いや、私は冷静だ。

もう一か所、手探りで腿の裏にも針を刺した。

あと3分42秒。よし、痙攣は治まった。だが時間がない。

最後のスパートを切った。バラバラになって千切れ飛びそうな手脚を意思の力で引き締める。フィニッシュは東京ビッグサイト。まだ見えない。いや、見えた！

ビッグサイトの東側展示棟、その前の交差点を左に折れる。前方に、先ほど私を追い抜いて行ったエチオピア人選手の背中があった。

抜けるだろうか。相手との距離とお互いのスピードを計算する。彼女を追い抜いたところで、べつに誇るべき順位ではない。だが目の前を走る人間を一人でも多く抜き去りたいと思う、それこそがランナーの本能だ。

サングラスを外す。視界が覚醒したように明るくなり、体に粘りつく疲労をつかの間忘れた。できればこのままサングラスを投げてしまいたかったが、私には拾ってくれる人がいない。手に握り込んでターゲットを追い詰める。

沿道の声はもう耳に入らなかった。最後の直線をひた走る。気配を感じたのかエチオピア人選手が後ろを振り返り、頬を引きつらせた。さっきのクレイジーな日本人じゃないかと言わんばかりの表情だ。極限状態にいる人間の、嘘のつけなさは好ましい。

『Last195m』と書かれたゲートが見えてくる。その手前でエチオピア人選手を完全に捉えた。ごまかしが切れかけて脚が棒になろうとしていたが、腕を振り子のように動かして、その推進力で前に進む。どうにか相手より先にゲートをくぐった。

マーチングバンドの演奏に出迎えられる。最後の195メートルは左右に応援スタンドが設置された花道だ。疲労困憊の体には、それが永遠に続くんじゃないかと思うほど長く感じられた。

誰かがこちらを指差している。声が聞こえる。なにを言っているのかは分からない。

私の心音とマーチングバンドのドラムが重なった。ゴールゲートが近づいてくる。もがくように手脚を動かし、その中に飛び込んでゆく。

胸の下にテープが触れた。そのとたん、意識がふっと遠のいた。

ゴールアナウンスの声、拍手、歓声、耳慣れない外国語。

誰かに名前を呼ばれた気がした。

視界がゆっくりと戻ってくる。

極限状態とはいえ、ここで倒れては邪魔になるという理性だけは働いたようだ。私はよろめきながらも、フィニッシュゲートの内側を自分の足で移動していた。

太腿から細く流れ出た血が冷えて固まっている。それを指先でこすり取ろうとして、はっと顔を上げた。

しまった、タイムは?

すっかり頭から抜けていた。このレースは私にとって、順位よりタイムが重要だったのに。

デジタル時計の表示はすでに進んでしまっている。シューズにつけてあるICチップでネットタイムを知ることは可能だが、果たして2時間40分に間に合ったのか。早く確認したくてやきもきする。

後ろから肩を叩かれたのは、そのときだった。

小南監督?

直観的にそう思った。幸田生命からは誰も出ていなかったが、私のゴールを待っていてくれたに違いない。

「タイムは?」と、尋ねながら振り返った。

そこには東西新聞の山本さんが、一眼レフカメラを手にして立っていた。

「岸さん、よね」

山本さんは眼球がこぼれ落ちそうなほど目を見開いて、「どうしてあなたがここにいるの」と問いたげに首を傾《かし》げた。

二　乗り越えることのできるただ一つの方法

春の空気の主成分は、花粉と塵《ちり》と気だるさだろう。

おもちゃみたいに小さな靴下を干しながら、私は肩先であくびを嚙《か》み殺した。

千鳥ヶ淵の桜は五分咲きだと、つけっぱなしのテレビが報じている。このぶんだと週末にはまだ満開ではない。だがはたして、来週末まではもつのだろうか。

そんなことが最大の関心事になるくらい、春は頭のねじが緩んでいる。だから勤勉を旨とする日本では、新年度が四月からなのだろうか。これなら嫌でも気が引き締まる。

いがらっぽい空気を吸い込んで、胸を張った。

四月一日。気分も新たに、再出発の朝である。

「ママー！」

こめかみに突き刺さるような声が私を呼ぶ。早くもヒットポイントが削り取られた。

「はいはい、待ってね」

だが敵は洗濯物を干し終わるまでの猶予すら私にくれない。ドタドタと足を踏み鳴らし、リビングに駆け込んで来た。

「マーマ！」

「だから、待って」

「イヤ！　ママのバカ！」

誰のせいで毎日大量の汚れものが出ると思っているのだろう。腹の底からため息をついて苛立《いらだ》ちを抑える。バカなんて、まさか保育園の友達に言っていないだろうな。

「あのね、栞」

振り返ると、娘は花柄のパジャマ姿でふんぞり返っていた。もはや人の道を説く気力すら奪われる。

「ちょっと、お着替えは？」

ソファの上に用意しておいた着替え一式は、手つかずのままそこにあった。

「うーたんは？」

「えっ？」

「うーたんがいいの。うーたん出して」

万人に分かるように翻訳すると、「ウサギ柄のトレーナーが着たいから今すぐ出してくれ」と言っている。義母だった人が去年の冬に買ってくれたその服が、私はあまり好きではない。

「でも、うーたんもう小さいじゃない。お袖が全然足りてなかったよ」

「着るの！」

こうなると娘は絶対引かない。この頑固さは誰に似たのだろう。生命にかかわることや人道にもとることでなければ、こちらが譲歩するしかない。

「しょうがないなぁ」

もうすぐ二歳半になる娘は、今はなにをするにも「イヤ、イヤ、イヤ」だ。寝るのイヤ、食べるのイヤ、お風呂もイヤで生活がはかどらない。魔の二歳児とはよく言ったものである。自我の芽生えによる正常な発達であるとはいえ、着替えの折に「ばんざーい」と声をかければ素直に両手を上げてくれた、数ヵ月前が懐かしい。

娘の部屋のドアを開けると、さらなる試練が待っていた。自力で「うーたん」を見つけ出そうとしたのだろう、手の届く範囲の引き出しがすべて開けられて、中身が引っかき回されている。これは私が家事の中でも服を畳むのが一番嫌いなのを知っての狼藉《ろうぜき》か。

「もう、なんでこうなる前にママを呼ばないのよ」

「しおり、たっくさん呼んだよ。ママが来なかったんでしょ」

そのとおりだが、愚かなお前に教えてやろうと言わんばかりの態度が癪《しゃく》に障る。どうして顎を上げるのだ。

私はわが女王様のために、無言で「うーたん」を取り出した。やはり小さいから中にシャツを着せようとしたが、それも断固拒否である。まあいい、どうせ保育園では上からスモックを被《かぶ》るのだ。袖丈くらいは構わない。

「ママ、デラキュアつけて！」

「もう出るからダメ」

「やだ、つけてよ！」

出かける前に、干しかけの洗濯物を片づけてしまわなければ。バルコニーに戻ろうとする私の脚に、栞がまとわりついてくる。

デラキュアは女の子に人気の魔法少女系アニメだ。朝ご飯もろくに食べずにさんざん見たくせに、その録画をまだ見せろと言う。

「つけて、つけて、つーけーてー！」

「うるさい！」

エプロンを引っぱる手を摑《つか》んで叱った。栞の顔がくしゃりと潰れる。

「痛い痛い、やめてよママぁ！」

「ちょっと、人聞き悪いでしょ」

開けっぱなしだった窓を慌てて閉めた。決して強く摑んだわけではないのに、私を虐待母に仕立て上げてこの子はなにが楽しいんだ。

「分かったよ、五分だけだからね」

毎朝五時半には栞に叩《たた》き起こされるが、家を出るのはいつも時間ギリギリになってしまう。二時間もあれば充実した朝練ができるはずなのに、こんな我が身が口惜《くちお》しい。

この調子で本当にやっていけるのだろうか。

不安がみぞおちあたりに渦巻いて、手早く胃に詰め込んだサンドイッチが消化不良を起こしそうだった。


新入社員用のコンプライアンス研修資料を作り終えたところで、昼の休憩を知らせるチャイムが鳴った。法務部、総務部合同の大部屋の空気が、少しばかり弛緩する。私は出力ボタンを押して、立ち上がった。

「あの、部長」

「ああ、はいはい。今日からだよね、聞いてるよ」

「資料が印刷中なんですが」

「大丈夫大丈夫、やっとくやっとく」

法務部長がパソコンから目を離して微笑《ほほえ》みを浮かべる。穏やかそうに見えるが、その笑顔にはかつての野田みどりのそれと似た薄気味悪さが見え隠れしていた。

「お先に失礼します」

そろそろランチの相談をする女子社員の声が飛び交う頃合いだが、いやに静まり返っている。不必要な緊張を強いてしまったお詫《わ》びに、部屋を出る前にもう一度全体に向かって礼をした。上司も同僚もこの三年のうちに、腫れ物は黙殺するという技術を極めてしまったようである。

ロッカールームで着替えていると、急にお腹《なか》に差し込みがきた。怖気《おじけ》づいているのだろうか。ただ古巣に戻るだけだというのに。

その権利を、私は自分の手で勝ち取った。三年近いブランクを経ての、東京マラソンのタイムは2時間39分27秒。女子十四位というぱっとしない成績ではあるが、この結果は誇っていい。延長保育と娘が寝てからの時間を使ったトレーニングだけで、よくぞここまでやったものだ。

でも今日からは一人ではない。苦しみも喜びも、分かち合える人が傍にいる。これからその人に会うのだと思うと、胃がキュッと引き絞られたようで落ち着かなかった。

混雑が予想されるロッカー近くのトイレを避けて、階段を下る。外回りの多い営業部門の階のトイレには、幸い誰もいなかった。

「なんてゆうか、すごいよねぇ」

華やかな気配がなだれ込んできたのは、お腹が落ち着いてそろそろ個室を出ようかという頃合いだった。声に聞き覚えがある。総務部の先輩だろう。

こちらは法務部の後輩だ。あとの一人は声だけでは見当がつかない。彼女らも混雑を避けてここに流れ着いたのだろう。

「なにがですか」

「岸さんよ」

鍵を開けようとした手が不自然に止まる。どうやら俎上《そじょう》に載せられようとしているのは私らしい。完全に外に出るタイミングを失った。

「ああ、今日からだっけ。どんな感じだった？」

「平然とした顔で『失礼します』って行っちゃったわよ。なにあれ。一年の育休をきっちり取って戻ってきたときも神経疑ったけど、ますます理解不能だわ」

「心臓強いんじゃないですかぁ。マラソンやってるだけあって」

「あんたね、誰が上手《うま》いことを言えと」

三人の中ではリーダー格らしい総務部の先輩が、入り口に近い個室に入った。それでもお喋《しゃべ》りは止まらない。

「そもそも、なんであの人クビにならないの？」

「一応減給にはなったみたいよ。それにほら、妊娠しちゃったから」

「ウチは福利厚生の充実を売りにしてますもんねぇ」

「マタハラ扱いされちゃ困るってこと？　どんだけ日和見《ひよりみ》なのよ」

声のトーンが上昇してゆく。この人たちは一番奥の個室が閉まっていることに気づいていないのだろうか。物音を立てないように、息を殺す。

「でもさ、陸上部に戻してやる必要まではなかったんじゃないの?」

「分かりますぅ。あの人の仕事があたりまえに回ってきて、あたしも大迷惑ですぅ」

「小南マジックでしょ。あのおじさん、人をたらすの上手いっていうから」

石になれ、石になれ。この程度の噂話《うわさ》は、なんてことない。

「あいつが会社の名前背負って走っても、マイナスイメージにしかならないでしょうよ」

「給料泥棒ですよねぇ」

「あのふてぶてしい顔見てると、あんたどれだけ人に迷惑かけてんだって言いたくなるわ」

「ブスですよねぇ」

「娘もきっとブスだろうね」

品のない笑い声がはじけた。小鼻が膨らむのが分かり、私は歯を強く噛みしめた。

私が会社に迷惑をかけていることは間違いない。妊娠騒動のときは全国から寄せられた苦情の電話が代理店にまで及び、仕事にならなかったと聞いている。辻本フィーバーで盛り返したが、一時は株価まで下落したほどだ。社員のみなさんにはずいぶん嫌な思いをさせてきたことだろう。

自覚がないわけじゃない。もしそうしろと言うのなら、米搗《こめつ》きバッタのように各部署を回ってお詫び行脚をしてもいい。再びマラソンを走るためならば、その程度のプライドは捨ててやる。

だけど、娘は関係ないじゃない。

震える手で鍵を外した。娘をブスと言った女の正体が知りたかった。

勢い込んでドアを開ける。せいぜい気まずい思いをすればいい。

だが女たちは、すでに立ち去った後だった。

おぼつかない足取りで手洗い場に歩み寄り、めいっぱい水を出す。鏡に映る女の顔に、細かな水滴が飛び散った。お世辞にも美人とは言いがたい顔つきだ。

娘はあまり私に似ていない。私から生まれたが、私ではない。そこを攻撃するのは卑怯《ひきょう》じゃないか。

目元に険のある女が私を睨《にら》みつけてくる。絶対に、あの卑怯者どもを見返してやる。心に強く、刻み込む。

「あれ、先輩」

鏡越しにポニーテールの女と目が合った。辻本だ。ぱっちりとした目を瞬いている。

「どうしたんすか、ビショビショですよ。あ、使います？」

水しぶきは私のウィンドブレーカーの裾まで濡《ぬ》らしていた。辻本が差し出してきたタオルハンカチを、首を振って辞退する。

「あ、そっすか。ですよね」

一人で納得して、辻本はぎこちなく手を引っ込めた。彼女と目を合わさぬまま、私はその横をすり抜ける。

「あのっ」

呼び止められても立ち止まらずに、歩き続けた。

「復帰おめでとうございます。私、嬉《うれ》しいです」

その言葉に、他意がないことは知っている。辻本は今も私をランナーとしてリスペクトしてくれているのだ。だからこそ、己の矮小《わいしょう》さが嫌になる。

そんなことを言われた私がどれだけ惨めな気持ちになるのかも分からない、辻本の無神経さが忌々しかった。


辻本が銅メダルを取って帰国してから、私はしばらくテレビにかじりついていた。ブルーレイレコーダーに、キーワード自動録画という機能をつけたのはいったいどこのどいつだろう。おかげで私は辻本の出演した番組を、一つも洩《も》らさず見ることができてしまった。

あの子の顔なんて見たくもないと思うのに、気になってしょうがない。彼女がテレビの中でどのように動き、なにを喋るのか。できることなら、場を白けさせるような振る舞いをしでかしてほしいという期待もあった。

菅原が北海道合宿で留守だったのをいいことに、朝も昼も夜も録画を繰り返し見た。陸連上層部の指導があったのか、体育会系男子のような口調はなりを潜め、うっすらと化粧を施した辻本は実に魅力的な女性だった。テレビ慣れをしていないぎこちなさすら、初々しさと受け止められた。

そんな彼女が「銅メダルの感動を、誰に伝えたいですか」と質問されたときの返答を、私は生涯忘れないだろう。辻本はまばゆいばかりの笑顔でこう言った。

「岸先輩と、これから生まれてくる赤ちゃんに」

そのやりとりは美談ともてはやされた。どう考えてもただの尻拭いのはずだったのに、辻本はあくまで私のために走ったと言うのだ。若者たちの間では「ろくでもない先輩のフォローを完璧にこなす」の意で、「マジ辻本」という言い回しが一時的に流行《はや》っていった。

私はいたたまれなさのあまり、「あーっ」と叫んで腹が突き出た身で部屋の中を走り回った。落ち着いてくるとその録画を見返して、また「あーっ」と走る。そんな生産性のない行動に取り憑《つ》かれ、下の階から箒《ほうき》の柄らしきもので床を突き上げられてようやく我に返った。

勝者は勝者らしく、ふんぞり返って落伍者《らくごしゃ》を踏みつけていればいいのに。勝者の理屈でよかれと思うことが、敗者にとってもそうだとはかぎらない。辻本が私を立てようとしたところで、彼女の株が上がるだけだ。私の存在感は薄まってゆくばかりだった。

情けをかけられる者に世間は目を向けない。実家に石を投げられたり、落書きをされたり、マンションを盗撮されたりといった悪質ないやがらせが減る一方で、私は狭い箱の中に閉じ込められたような気分になった。その箱の蓋を、辻本が手ずから閉じたのだ。

辻本が会社に顔を見せたのは、八月も下旬になってからだった。あと三日で産休に入るというタイミングで、私は彼女に捕まった。

「岸先輩！」

朝から社内がざわついていたから、辻本が出社していることは知っていた。立場上、会えば「おめでとう」と祝福しないわけにはいかない。だから休憩時間もなるべく出くわさないようにと配慮していたのに、あちらから見つけて声をかけてきた。人事部の彼女にはなんの用もない、法務部の前の廊下だった。

私は足を止めかけて、だが思い直してそのまま行くことにした。

後ろから声をかけられたとはいえ、決して気づかない音量ではなかった。それを無視したからには、あなたと話す気分じゃないという意思表示だと、常人ならば理解したはずだ。

「あ、違うか。菅原先輩！」

肩が震える。私は両足を揃《そろ》えて立ち止まった。

これが慢心からくる当てこすりなら、相手にしなければいい。しかし彼女の言動には一片の悪意も含まれておらず、だからよけいに傷をえぐった。

はっと気づけば右手を振り上げたあとだった。もはや勢いを殺しきれず、平手が辻本の頰を打つ。まるで瞬間移動をしたみたいに、左の頰を押さえた辻本の前で、私は呆然《ぼうぜん》と立ちつくしていた。

「なに、なにしたの？」

「うわ、岸ひでぇ」

「辻本ちゃん、大丈夫？」

そのときになってようやく気づいた。辻本が銅メダルを手に握っていたことに。無礼を詫びようと開いた口から、別の言葉がこぼれ出た。

「見せに来ないでよ、そんなもの」

周囲のざわめきが濃くなった。辻本はしばらくアーモンド形の目で私を見上げていたが、やがて「すみません」と睫毛《まつげ》を伏せた。

見物人の中から同期らしい女の子が飛び出してくる。その子に肩を抱かれながら、辻本は私に背中を向けた。

辻本にはあらんかぎりの同情が、私には突き刺すような非難の視線が集まった。

それでよかった。存在しない者のように扱われるよりは、くっきりと輪郭を持って嫌われているほうがマシだった。

踵《きびす》を返し、辻本とは反対方向に歩いてゆく。

こんなところで終わるものかと思った。この無念は走ることでしか晴らせない。再び光の中へと飛び出す術を、私はそれ以外に知らないのだ。

子供を産んだら絶対にマラソンに復帰してやる。自分にはっきりとそう誓った。


扉を押し開けると、クリスマスの飾りのようなドアベルがカラランと音を立てた。

内装が飴色がかって見える、昔ながらの喫茶店だ。他に客はおらず、三つしかないテーブル席の真ん中から小南監督が手を振ってきた。

「おう、わざわざ悪いな。食堂で話そうと思ったんだが、歓迎会の準備がはじまっちまってよ」

ちょうどそういう時期である。今年の新入部員はどんな出し物を披露するのだろうか。四月はいい。新鮮な気持ちが蘇《よみがえ》る。

「走って来たのか?」

「はい、新百合ヶ丘からですが」

「そうか。風邪ひくなよ」

体を気遣うひと言が嬉しかった。私は背負っていたリュックを下ろし、顔や首筋に浮いた汗をタオルで拭う。娘が生まれてからは、限られた練習時間を有効活用しようと知恵を絞った。移動とトレーニングを兼ねるようになったのもその一環である。

監督の隣には、青いフレームの眼鏡をかけた若い男が座っていた。頬が紙粘土のように白く、日に焼けた小南監督とは対照的だ。

「こちら、コーチの笹塚《ささづか》くん」と紹介されて、男が軽く会釈をする。新しく入った人だろうか。爬虫類《はちゅうるい》を思わせる酷薄そうな顔立ちは、ナイキのランニングジャケットよりも白衣のほうが似合いそうである。私もつられて頭を下げた。

「どうも、岸です」

注文を取りに来たマスターの妻らしきおばさんに、選択の余地もなくトマトジュースを注文した。喫茶店やカフェではいつも、オーダーに困る。カフェインは控えているし、甘い飲み物や炭酸も同様である。

「で、さっそくなんだが」

監督が両手の指を組み合わせた。私は姿勢を正し、「はい」と頷《うなず》く。

「あんたのことは、この笹塚くんに任せることにしたから」

「は？」

瞬きを繰り返す。こんなタイミングで、監督の無精髭《ぶしょうひげ》に白髪が増えていることに気がついた。

「今後のことは、彼とよく相談して決めてくれや」

ただけだった。

監督が馴れ馴れしく、笹塚コーチの肩を叩く。コーチは表情も変えずに、軽く顎を引い

「あの、監督が見てくれるんじゃないんですか」

「俺が？　勘弁してくれよ」

破顔一笑。監督の笑顔は朗らかですらある。

「こっちはもう手いっぱいなんだ。なんせ次のオリンピックは辻本に金を取らせろって、うるせぇのよ世間様が」

体の芯がふっと抜けるのを感じた。膝に手を突っ張って、崩れそうな自分を支える。

「私よりも、辻本なんですね」

あたりまえだろと言うように、監督が眉を持ち上げた。

「そりゃあね、今のあんたと辻本と、どっちがメダルに近いかってぃやぁね」

悔しいけれど、仰《おつしや》るとおりだ。いくら私だって、現時点で辻本に敵《かな》うとは思っていない。だが適切なトレーニングさえ積めば、勝つのは不可能ではないと信じている。

「じゃあ、辻本と一緒に練習をさせてください」

「そりゃ無理だ。あんた、辻本と一緒にいて冷静でいられるの？」

言葉に詰まった。私が辻本をぶった件は、監督の耳にも届いているのだろう。それでなくとも私の性格を知り抜いている相手なのだ。敵意は見透かされている。

「あんたには、本隊とは別行動を取ってもらうよ。大事な選手にストレスを与えたくはないんでね」

それって、私は大事じゃないということか。だめだ、もう監督の目を見ることができない。ガラス天板の下に挟まれた、ケーキセットの写真に視線を据える。濃厚そうなチョコレートケーキのビジュアルに、胸がムカつく。

「そういうわけだから。じゃ、あとは頼んだよ笹塚くん」

監督が席を立ち、もう一度だめ押しのように笹塚コーチの肩を叩いた。もとからすぐに退散するつもりでいたのだろう。どうりで通路側に座っていたわけだ。

「待ってください！」

すがるように顔を上げた。私の必死さをいなすように、監督が手をひらひらと振る。

「すまんがもうすぐ歓迎会の時間だ。新人の度胸のほどを見たいんでね」

新入部員に出し物をやらせるのはただの無茶振りではなく、そういう意味合いがあったのか。そしてどうやらその会に、私は呼ばれていないらしい。

カランと、間の抜けたドアベルの音がする。こんなふうに、監督の背中を見送るのは二度目だった。もう一度チャンスをくれたと思っていたが、けっきょく私は彼に見放されたままなのだ。

「はい、どうぞ」

おばさんがトマトジュースを置いてゆく。とろみのある液体は、強く脈打つ私の臓物から絞り出したような色をしていた。

真っ赤なトマトジュースを見つめたまま、私は絶望的な顔をしていたはずだ。

紙のこすれる音がする。笹塚コーチが手元のバインダーを開き、浅めに座り直した。

「では、今後の方針についてですが」

私は役所になんらかの手続きをしに来たのだろうか。そう勘違いしそうなくらい、コーチの態度は事務的だった。

「まずは、設定目標の確認を——」

「あの、ちょっと。ちょっと待っていただけますか」

飲む気の失せたトマトジュースを脇に追いやり、話の流れを遮った。慰めの言葉を期待していたわけではないが、もっとこう、連帯感が芽生えそうな導入はなかったのだろうか。

「全然納得できないんですけど。つまり私は、小南監督の指導をまったく受けられないということですか」

だったら私はなんのために、あの会社にしがみついてきたのだろう。

厄介者扱いが平気だったわけがない。同僚から「なんでいるの?」という目を向けられ続けるのはさすがにこたえる。離婚をめぐるゴタゴタで、陸上部の門を叩くのは職場復帰からさらに一年を要した。

その間神経を鈍麻させてやり過ごしてきたのは、なんのためだ。

「誤解しないでくださいね。べつにあなたが役不足だと言いたいわけじゃないんです。でも私は小南監督がいるからこそ――」

「誤用ですね」

低いというより、深い声だ。笹塚コーチは背筋を伸ばしたまま澄ましかえっている。

「役不足というのは、その人の力量に比べて与えられた役目が不相応に軽いことを言います。あなたのコーチングはそれなりに重責ですから、その使いかたは間違っています」

私はどのくらい静止していたのだろう。頭を整理するのに時間がかかった。この人はおかしい。「役不足」の正しい使いかたなんて、今はスルーでいいんじゃないのか。

「あの、そんなことはどうでもよくて」

「思想も信念もすべて言葉から作られるんです。言葉をおろそかにしてはいけません」

面倒くさい。真面目《まじめ》くさった顔をして、この男はなにが言いたいんだ。もしや監督は厄介払いのつもりで彼を私に押しつけたんじゃないだろうか。持て余し者同士、仲良くやってくれということか。

「もしも環境に不満があれば、辞めていただいてもけっこうですが」

「辞めませんよ！」

反射的に叫んでいた。ピザトーストに使う食パンを五枚切りに変更するかどうかでもめていたマスターとおばさんが、口をつぐんで振り返る。だがすぐに、議題はチーズの量へと移っていった。

「だけど小南監督は、東京マラソンを2時間40分以内で走れたら認めてやるって、たしかにそう言ったんです」

「ええ、だからあなたを陸上部に戻しました。でも指導してやるとは言われていないでしょう?」

「それはそうですけど――」

「親離れのできていない子供みたいな駄々をこねますね」

私は思わず息を飲む。どうして初対面の人間から、こんな屈辱的なことを言われなきゃいけないんだ。もしかして私があの「岸峰子」だから、馬鹿にしているのだろうか。

この男に侮られてはいけないと、目の奥に力を込めた。

「私、今年で三十なんですけど」

「そうですか。もう少し上に見えますね」

顔が熱くなった。無理だ。こんな悪意の塊と、師弟関係を築けるわけがない。

「あの私、もう一度小南監督に頼んでみます。やっぱり監督がいいんです」

今度は笹塚コーチへのフォローは入れなかった。言外に、あなたじゃ嫌だと言ったようなものだ。

笹塚コーチが首を傾《かし》げる。その左手の薬指に細い指輪があった。こんな人でも家庭があるのかと、意外に思った。

「ダメですよ。さっき、監督から別行動だと言われたでしょう。あなたは監督の指導どころか、練習場に立ち入ることも、チームで契約している鍼灸院《しんきゅういん》を使うことさえもできません。そのあたりは私が手配しますので」

「別行動って、そこまでしなきゃいけないんですか」

「ええ。有名人のあなたがいると、他の選手はやりづらいでしょうから」

有名人という言い回しが癪だった。いったい私がなにをしたというんだ。いや、もちろん時節もわきまえず妊娠をしたのだが、そんな女は世の中にごまんといるはずだ。なのにまるで犯罪者のように、マスコミに追われ一般人に攻撃されて、挙句チームからは疎外される。ただ子供を産んだというだけで、私は危険分子なのか。

「信じられない。ショックです」

うつむくと、親指の爪の脇にささくれができていた。指先でつまんで引きちぎる。ピリッとした痛みがあり、わずかに血が滲《にじ》んだ。

「なぜ？」

「なぜって――」

「好都合じゃないですか。おかげで駅伝を走らなくてすむ。マラソンだけに集中できますよ」

この人は、何度私を絶句させれば気がすむのだろう。

実業団に長距離選手として所属するかぎり、駅伝は無視のできない存在だ。選手は個人競技であるマラソンよりも、企業名の露出が高い駅伝での活躍を求められる。当然のごとく、決して少なくはない時間が駅伝の練習に割り当てられて、近年日本のマラソンが弱体化しているのはそれが原因ではないかと批判するむきもあるほどだ。

だがチームから弾《はじ》かれた私はそのお役目をはじめから免除されていると、コーチはそう言いたいのだ。ブランクを早く埋めたい現状では、マラソンだけに集中できる環境はありがたいものかもしれない。でもそれを好都合だと喜べるほど、私の神経は図太くない。

「ポジティブなんですね」

「合理的と言ってください」

精一杯の皮肉を込めて投げた言葉が、鮮やかに打ち返された。

少しずつ分かってきた。私に敵意があるわけではなく、これは彼の性格《キャラクター》だ。他人の気持を汲《く》むとか、行間を読むとか、共感するといったことができない、昆虫のような人なのだ。

呆《あき》れて窓の外に目を向ける。さっきまで晴れていた空はいつしか暗い雲に覆われて、ひと雨きそうな気配だった。

「笹塚コーチは、いつから幸田にいるんですか」

「ちょうど一年になります」

「その前は？」

「那須女の顧問を四年ほど」

「強豪ですね」

栃木県の那須若草女子高校は全国高校駅伝の常連だ。もともと上位五校には必ず入ってきていたが、ここ五年で二、三度優勝したはずである。その実績を買われて引き抜かれたのだとしたら、指導力はあるのだろう。

「その前は？」

「鷲田《わしだ》大学の陸上部でマネージャーをしていました。長距離の選手でしたが、膝を壊して再起不能になってしまったので」

鷲田は、これまた箱根駅伝の常連校である。

「えっ、ちょっと待って。六年前が大学生？」

驚きのあまり敬語を忘れた。笹塚コーチが平然と頷く。

「はい。今年で二十八になります」

「もう少し、上に見えますすね」

「よく言われます」

表情に若々しさはないが、言われてみればなるほど、肌はまだくたびれていない。中学から陸上をやってきて、コーチや監督と呼ばれる人は自分よりずっと年長なのがあたりまえだった。そのせいで先入観もあったのだろう。

まさか、指導者よりも自分が年上になる日が来るなんて。

そうやって世代交代は進んでゆくのだ。頭では理解できたが、実例を目の当たりにすると想像以上の衝撃だった。

「ではあらためて、目標の確認なのですが――」

質問はそれまでと解釈したか、コーチがノック式のボールペンを手に取った。左利きだなと、どうでもいいことに気がついた。

「目標はリオ五輪で、間違いないですね」

それは「雨が降ってきましたね」と言うときと、同じような口調だった。

窓ガラスに透明の斜線がぽつぽつと走りはじめていた。

目標は、二〇一六年のリオデジャネイロ。

小南監督を相手に切った大見得は、笹塚コーチにも共有されていたらしい。

三年のブランクがあり、子供まで産んだ私が今から来夏のオリンピックを目指す。まともな人間なら、そんな馬鹿なと一笑に付すところだ。

だが笹塚コーチは、冗談を言う目をしていなかった。これはたんなる確認作業なのだ。

私はごくりと唾を飲んだ。

「いいえ」

笹塚コーチの眉が上がる。私はきっぱりと言いきった。

「違います。目標はリオの表彰台です」

それを聞いて笹塚コーチはわずかに唇を歪《ゆが》ませた。分かりづらいが、どうやら微笑んだようだった。

「いいでしょう」と、実直な顔で頷いた。

「笑わないんですか」

「不可能とは思っていません」

笹塚コーチが目を落としているのは、三年前までの私の練習管理日誌だった。意外に丸っこい小南監督の文字で、びっしりと埋めつくされている。コーチはまっさらなページを開くと、やや右肩上がりの直線的な字で『2016年リオデジャネイロ』と書き込んだ。

来年の夏、私は三十一歳になっている。二〇二〇年の東京オリンピックでは、三十五歳だ。マラソンは比較的年齢を重ねてもできる競技であるとはいえ、その歳《とし》まで走れるとはかぎらない。リオがラストチャンスだという覚悟が必要だった。

笹塚コーチにはまだ不信感しかないが、小南監督に頼れないなら、リオを不可能な夢と笑わなかった、この人に賭けるしかないだろう。

結果がついてくれれば小南監督も、私を無視してばかりはいられまい。あの人が自分の手で発掘した才能に、執着しないはずがないのだ。

「よろしくお願いします」

私は神妙に頭を下げた。間髪を容れずに笹塚コーチが、二枚の紙を差し出してくる。

「では、こちらをご確認ください。一週間の練習メニューと、食事の献立表です」

ここはお互いに握手でもして、絆《きずな》を確かめるべき場面ではないのだろうか。小南監督とはなにからなにまで勝手が違う。

「練習メニューはあなたの状態を見ながら変えていきますから、とりあえずの予定です」

そう言われて手元の用紙に視線を落とす。脚作りに重点を置いているのが一目で分かる内容だった。第一週目はこんなものだろう。だがその中に一つだけ、見慣れない言葉が入っていた。

「なんですか、この『背骨トレーニング』っていうのは」

しかもほぼ毎日組み込まれている。筋肉ではなく背骨を、どう鍛えようというのだろうか。

「私が推奨しているのは、筋肉ではなく背骨を使う走りかたです。このトレーニングでは、背骨の動かしかたを練習していきます」

その説明からとっさに思い浮かんだのは、疾走する骨格標本のイメージだった。ほとんどホラーである。

「走るという行為は本来、全身運動なんですよ。犬や猫の動きを見ると、全身がきれいに連動しているのが分かるでしょう。腕と脚だけで走ろうとしている動物は、人間だけです」

「はぁ」という相槌《あいづち》も、薄ぼんやりとしたままだ。

「走っているとき、我々の体は宙に浮いていますよね。そのとき体の中心にあるのは背骨です。下半身は背骨から骨盤、股関節、膝、足首、足裏と連動しています。だからまず背骨を動かす。するとその小さな力が腸腰筋などの深層筋で増幅されて骨盤から大腿骨《だいたいこつ》に伝わり、脚はあたかも振り子のように前後に出ます。上半身も然《しか》りで、下半身から背骨を伝ってきた力が肩甲骨を介して――」

「その動きを覚えると、どうなるんですか」

痺《しび》れを切らして口を挟んだ。これ以上聞いていても埒《らち》が明かない。

「筋肉だけで無理に動かそうとはしていませんから、故障に強い。スタミナも切れにくく、スピードもつきます」

笹塚コーチの声はあまり抑揚がなく、じっと聞いていると眠くなる。どうもこれを買えばお金も人脈も異性も勝手に集まってくるという、怪しげな壺《つぼ》でも勧められている気がしてきた。

「なんだかいいことずくめの、魔法の走法なんですね」

「魔法ではなく、体の本来の機能を取り戻すだけです。このあと知り合いの鍼灸院を予約してありますので、そこで動きを確認してみましょう。口で説明するよりは、やってみたほうが早いと思います」

これ以上は理解を得られそうにないと、コーチもようやく悟ったようだ。その話はいったん打ち切りになった。

食事の献立表のほうは、寮生用に管理栄養士の田中さんが立てたものを、そのままコピーしてあった。彼女の文字も、久しぶりに見る。

「安易にサプリメントを頼らず、栄養は食事から摂りましょう。月経は絶対に止めないようにしてください。骨密度が減少して疲労骨折のもとになります。減量は気にせず、しっかり食べてください。体重変動の激しい若い女性ならともかく、あなたはもう練習で自然に落ちるはずです」

ババアで悪かったな、と心の中で毒づいた。この人は本当に、女性の年齢に対する配慮が足りない。

「できますか?」と、顔を覗《のぞ》き込むようにして確認される。

その目を見返し、私は即座に頷いた。

「できるかどうかじゃない、やりますよ」

「強気な発言もけっこうですが、お子さんがまだ小さいでしょう」

出鼻を挫《くじ》かれ、言葉に詰まる。そうだ、私はもう気軽な独り身ではない。娘に振り回されて日常生活さえままならないのに、やる気だけでどうにかなるものだろうか。

だいたい合宿のときはどうする。長期間預けられるあてなどないし、連れて行くにもベビーシッターの帯同が必要だろう。だが、そんな費用はどこから出るんだ。

「小南監督からは、あなたのお母さまに協力を仰ぐようにと指示が——」

「大丈夫です！」

私はコーチの言葉の先を遮った。つとめて快活な口調で言い直す。

「娘はあまり手のかからない子なので、問題ないです」

笹塚コーチにも子供がいるのだろうか。手のかからない二歳児なんて、この世にはいない。そんなことは、子を持つ親なら誰もが知っている。

だがコーチは「そうですか」と、存外あっさり頷いた。

保育園の行事予定表、ゴミの収集日カレンダー、夜間救急と休日診療所の電話番号一覧表、サンリオピューロランドで撮った栞の写真、作り置きしておける万能タレのレシピ。それらを少しずつ横にずらし、二週目の練習メニューと献立表をマグネットで留めた。

かつては実家の冷蔵庫にも、学校のお知らせやメモの類が貼られていた。子供だったころはみっともないと思っていたが、主婦にとってはけっきょくここが一番目につく場所なのだ。毎日確認するもの、緊急時に必要なものは、冷蔵庫の扉に貼っておくにかぎる。

笹塚コーチ作成のトレーニングメニューを開始して、すでに一週間が経過していた。疲れが抜けないのは年齢のせいだろうか。

入念にストレッチをしても常に背中が張っていて、全体的に体が重い。ブラのカップも少しゆるくなったようである。子供がいることを考慮して、週に一度の休養日は日曜に設定してもらったが、栞と二人ではとても休んだ気にはなれなかった。

「ママぁ」

ふやけた声で呼びかけられて、ドキリとした。キッチンのカウンター越しに振り返る。寝かしつけたはずの栞が半べそをかきながら、リビングの入り口に立っていた。ウサギのぬいぐるみは乱暴に耳を摑まれ、宙ぶらりんの状態だ。

「なんでどっか行っちゃうのぉ」

添い寝をやめるタイミングが早すぎたらしい。私がいなくなった気配で目が覚めたのだ。しまったという内心を、顔に出さないようにするのは難しかった。

「ごめん、ごめんね。もう一回ねんねしよう」

「イヤッ。抱っこ！」

「はいはい」

両腕を広げると、娘が全力で飛び込んできた。その勢いに、うっと胸が詰まる。腰に気を配りながら抱き上げた。

笹塚コーチに紹介された鍼灸院の楢山《ならやま》院長によると、私の骨盤は出産を経て横に開いているそうだ。東京マラソンで股関節に痛みが出たのはそのためで、通院と自宅でできる体操を組み合わせて引き締めようとしているところである。

「お部屋に戻ろうね」

「イヤだ、寝ない！」

「ダメ。夜は寝るものなの」

子供部屋に運ぼうとすると、栞が腕の中でもがきはじめた。体重がすでに十一キロもあるのに、えび反りになるものだから危なっかしくてしょうがない。これで腰を痛めたらと思うと、まったく笑えない。

「しおり、まだ眠くない！」

いかにも重たげな瞼《まぶた》をして、なぜそんな意地を張る。就寝前に腹筋運動をするつもりだったのに、時間がどんどん無駄になる。

夕飯の準備のときだってそうだ。田中さんのレシピによれば、今夜はカレイの煮つけに豚肉とチンゲン菜の炒《いた》め物、オクラと山芋のサラダに豆腐とわかめのお味噌汁《みそしる》。それに加えて作り置きしてある鶏《とり》レバーの甘辛煮をつまむ予定だった。

ところがキッチンに立とうとすると、栞に「ダメ、遊ぶの！」と怒られる。そのわがままにつき合って一緒にデラキュアを見ていたら、「お腹空いた。なんでご飯できてないのよ」とやっぱり怒られた。こんな理不尽があっていいのだろうか。

「早く、早く」と急《せ》かされて、晩ご飯はけっきょく豚肉とチンゲン菜だけになってしまった。

長距離ランナーはたんぱく質も鉄分もカルシウムもビタミンも、一般成人女性の約二倍は摂取しなければいけないのに。このままでは、私の体はボロボロになってしまう。

時計を見ればすでに十時を過ぎていた。夜にこれだけ暴れても、栞はどういうわけだか朝は五時半に起きてしまう。おかげで寝不足が積み重なり、練習をしていてもすぐに疲れる。

やはり一人では無理があるのだろうか。だが小南監督が勧めたとおりに、母に頭を下げるのは抵抗がある。

私の母は、「岸峰子」の一番のファンだった。中学、高校の大会には必ず駆けつけてビデオを回していたし、大学に入ってからもこっそり見に来ていたのを知っている。マラソンに活路を見出して幸田生命に入社したときは、喜びのあまり小南監督に大量の毛ガニを送りつけた。

「岸、この量は食えないよ」と、監督はすまなそうにしながらそれを寮の食堂に持ってきた。思いがけぬご馳走《ちそう》に先輩たちは狂喜したが、私はなんだか肩身が狭く、隅っこに縮こまってカニが平らげられるのを眺めていた。

母自身もかつては、オリンピックを目指したことのあるアスリートである。おそらく道半ばにして破れた夢を、娘を通して見続けていたかったのだ。「ちびっこマラソン」でもらった賞状にはじまり、名古屋ウィメンズマラソンのメダルまで、私がこの脚で獲得したものはすべて実家のガラス戸棚に並べられている。

それに加えて大量のスクラップブックや、録画したビデオにＤＶＤ、果てはへその緒や抜けた乳歯といった、私にまつわる記録はほとんどそこに揃っている。その一角を指して母は、「岸峰子コーナー」と呼んでいた。

もっとも世の母親には、多かれ少なかれそういうところがあるのだろう。スランプのときには彼女の期待を重く感じたりもしたが、応援してくれる身内がいるのは素直にありがたいものだった。迷惑と紙一重の愛情であれ、彼女だけはなにがあっても私の味方なのだと思えた。

初潮を迎えた日のことを思い出す。私は小六で、学校で教わってはいたものの、お風呂に入ろうと服を脱いでギョッとした。「お母さん！」と、反射的に大声を上げて母に助けを求めていた。翌日に、全国小学生陸上競技交流大会の神奈川県予選が控えていた。

突然のことに不安がる私に「大丈夫よ」と言って、母が差し出したのはタンポンだった。体に異物を挿入するのは痛いやら恐いやらで、私は泣きべそすらかいていたが、「こっちのほうが絶対に動きやすいから」という母の言葉を信じ、歯を食いしばって手ほどきを受けた。これのせいで処女じゃなくなっちゃったらどうしようと思ったけれど、記録には代えられなかった。

「当たり前のことなのよ」と、母は私の背中を撫でた。

「女の人の体はそういうふうにできてるの。だから条件は同じ。将来元気な赤ちゃんを産むために必要なことなんだと割り切って、恐れずに走りなさい」

そんな母は私が妊娠したと告げたとき、第一声でこう言ったのだ。

「困ったわね。でもまだ堕《おろ》せるんでしょう?」

私は耳を疑った。血縁でもない小南監督ですら、産めと言ってくれたのに。

「かわいそうだけど、今回は諦めましょうよ」と説得を試みる母の姿は、吐き気がするほどおぞましかった。

まだ揺れ動いていた私の心は、そのひとことで完全に「産む」にシフトした。

「この子が生まれても、お母さんには絶対に会わせないから!」と宣言して、泣きわめいた。

母はうろたえつつも最後に、「でも、オリンピックなのよ」と呟《つぶや》いた。

救いようがないと思った。

そういうわけで私の娘は、いまだに母方の祖母の顔を知らずにいる。

「ほら、ママも一緒にねんねするよ。トントンしてあげるから」

そう言って、栞をベッドに横たえる。寝つけない夜は私の母も添い寝をして、こうして胸を叩いてくれた。しっとりとした、ニベアのにおい。あの安心感を覚えているから、ますます母を許せない。

「トントン、や！」

機嫌がよければこれで寝てくれるのだが、今夜の栞は気が昂《たか》ぶっている。マットレスの上で反り返り、首でブリッジをするような恰好《かっこう》になった。

「ねぇ、パパは？」

私は軽く唇を嚙む。おばあちゃんだけではなく、私はこの子から父親まで取り上げてしまった。喉を絞って、込み上げてくる感傷を押し戻す。

「パパとはね、もう一緒に住めないの」

「ヤだ。しおり、パパに会いたい」

幼くても、栞はもう父親が傍にいてくれないことを知っている。理由は理解できなくても、知っているのだ。

「会いたい、会いたい、会いたいのぉ」

なぜこんな小さな体から、超音波めいた声が出るのだろう。もともと合宿やレースで留守がちだった菅原のことを、本気で恋しがっているわけではない。月に一度の面会日は、菅原が遠征に出ていて流れることもしばしばだった。

それでも「パパ、パパ」とぐずれば私が動揺するから、わざとやる。

「うるさい！」

パチリと、なにか脆《もろ》いものが手のひらで弾けた。

びっくりした顔で栞が泣きやむ。その頬が、じわりと赤く色づいてゆく。

「ごめん！」

自分のしでかしたことに慄《おのの》いて、娘の体を抱き寄せた。私の狼狽《ろうばい》が感染して、栞が耳元で号泣する。

どうしてこんなに上手くいかないのだろう。この三年のうちに大切な人たちはどんどん私の周りから去ってゆき、この子だけが手元に残った。

娘にとってはママがすべてだ。それなのに私はなぜ、この子だけでは満たされないのだろう。

私の両手の指はいつの間にか、ささくれをもいだ痕だらけになっていた。

起きているときは騒音製造機だが、寝ている栞は胸が苦しくなるほど可愛《かわい》い。

ぷすぅ、ぷすぅと抜ける寝息。白桃みたいな頬に残る涙の痕を指でこすると、小さく唸《うな》って顔をしかめる。柔らかくて温かくてちょっと湿っていて、幸せを形にするとこの子になるんじゃないかと思う。

でもその幸せが、邪魔だった。今もこの子の寝顔をじっと眺めて、けっきょく腹筋運動をさぼっている。

昔はただ、走ることだけを考えていればよかった。練習を終えて寮に戻れば栄養満点の食事が用意され、お風呂が沸いていて、トレーニングルームも充実していた。なんて恵まれた環境だったのだろうと、あらためて思い知る。

この子さえいなければ、全部上手くいくのに。

そんなふうに考えてしまう浅ましい自分をズタズタに引き裂いて、生ゴミ入れにぶち込みたい。でも、考えずにはいられない。

私が走ることに執着しなければ、この子を骨の髄まで愛せただろうか。菅原とも別れずに、親子三人でつつましく暮らしていけたのだろうか。

菅原にとって私との結婚は事故みたいなものだったろうが、いい父親であろうとはしてくれていた。なにしろ私がマラソンに復帰することを、全力で反対し続けていたのだから。

はじめの大きな諍《いさか》いは、私が妊娠九ヵ月目にしてまだジョギングを続けているのがバレたときだった。頭が痛いと言って思いのほか早く帰って来た菅原が、脱衣籠に入っていた私のトレーニングウェアを見つけてしまったのだ。

「なに考えてんだよ。そんなでかい腹して、危ないだろ」と、菅原は首まで真っ赤にして怒った。

「ゆっくり走ってるから平気よ。妊娠中の運動はむしろいいの。脈拍が百六十を超えなきゃ大丈夫って、お医者さんも――」

「そういう問題じゃないだろう！」

そう、私だって分かっていた。そういう問題ではなかった。

妊娠五ヵ月目のときに、通勤途中の駅の階段で誰かに背中を押されたことがあった。はっきりと人の手の感触があったから、故意に押されたことは間違いない。

とっさにお腹をかばって肩から落ち、そのまま救急車で搬送された。問題なしと診断されて帰宅してからも、胎動を感じるまでは赤ちゃんが死んでしまったんじゃないかと、気が気じゃなかった。

その他にも「あれって岸峰子じゃない？」と噂していた女子高生のグループが、わざと足を出して私を転ばせようとしたこともあった。酔っ払いのおじさんに、「よう、岸。てめぇ節操のないセックスしてんじゃねぇぞ。気持ち悪《わり》ぃんだよ、ブス」と絡まれたことも。

マタニティーマークをつけた妊婦が心ない嫌がらせを受けたというニュースがあとを絶たない。一般の妊婦でも標的にされるのなら、私の場合はなおさらだ。「岸峰子」の大きなお腹は罪の象徴だった。天誅でも下すような感覚で、暴力を行使できる人間がいる。そんな狂気が怖かった。

「でもほら、外に出るときは帽子と眼鏡してるし」

だから私も用心していた。外で素顔をさらさなくなったし、階段やエレベーターでは必ず手摺《てす》りを摑む。人気《ひとけ》のない道は避け、人通りの多すぎる道も避けていた。

「信じられない。おまえ、母親としての自覚あんの？」

菅原は口から泡すら飛ばして私を非難した。

「そんなだから妊娠に気づけなかったんだ」とか、「お腹の子になにかあったらおまえを絶対に許さない」だとか、いつの間にそんな立派な父性が彼に芽生えたのか、見当もつかなかった。

神経質になるのはしょうがない。私たちは二年数ヵ月の短い結婚生活の間に、二回も引っ越しを経験した。マンションをつきとめられて写真をSNSにアップされたり、玄関ドアに使用済みのコンドームが詰まった袋を引っかけられたり、郵便受けにネットから拾ったらしい子供の焼死体の写真が入っていたり。それらがすべて自分たちの行いが招いた結果だとはいえ、気がおかしくなりそうだった。

私はそれ以上言い返さずに、菅原の言い分を受け止めた。

菅原は、怯《おび》えて吠える犬によく似ていた。

二度目の諍いは、出産から六ヵ月で断乳を決行したときだった。

おっぱいをあげている間、私と娘は二人っきりで完璧な円の中にいて、他の物事がすべて透明な膜の向こうに退いてゆく感覚に襲われた。穏やかで過不足なく満たされており、無心で乳首に吸いつく栞はとても可愛い。

ああこのままもう、走ることなんか忘れてもいいや。

そう思った瞬間、私は心の底から戦慄した。授乳の快感は麻薬に近く、目的意識を忘れさせる。このぬるま湯のような幸福感から、抜け出さなければいけないと思った。

母乳は六ヵ月を過ぎると栄養が減ってゆくそうだし、それなら離乳食をはじめるタイミングでミルクに切り替えても問題はなかろうと判断した。

だが娘にしてみれば、昨日まで自分のものだったおっぱいがいきなり提供されなくなったのだ。「まんま、まんま」と泣きながら服越しに乳房をまさぐられると、決意が鈍りそうになった。

菅原は泣きやまぬ娘にうんざりしたようで、「かわいそうじゃないか」と私を詰《なじ》った。

「欲しがってんだから吸わせてやれよ。こんなに早くやめる必要あるの?」

子供の食料になったこともない男のくせに、偉そうに。

私だって悩まなかったわけじゃない。最後の授乳ではおっぱいを飲む栞を眺めているうちに、勝手に涙があふれてきた。

だって、幸せそうに飲むのだ。やっぱりもう少しだけと、未練が湧いて出てしまう。それを押さえつけたのは私の身勝手ではあるけれど、そんな葛藤も知らずにのうのうと陸上競技を続けていられる菅原が、私を責めていいはずがなかった。

断乳二日目の夜は、さらにひどかった。乳房がカチカチに張って痛み、熱まで出た。炎症を和らげるために、私は保冷剤を乳房に当てて唸っていた。

そんな私を見下ろして、菅原は鼻で笑ったのである。

「ほらね。勝手なことするから罰が当たったんだよ」

もはや反論することさえ億劫《おっくう》だった。

授乳をやめても、母乳はまだ体内で作られ続けている。乳房が張ってしまうのも、熱を持つのも体の正常な反応だ。それを「罰」と言ってしまうあたりが、おばあちゃんっ子の菅原らしくて辟易《へきえき》した。

「マラソンをやりたいなら、栞が保育園に入ってからでいいじゃないか。なに焦ってんだよ」

焦るに決まっている。こうしているうちにも体のパフォーマンスは落ちてゆく。なんの制約もなく、競技に没頭することができる菅原には分かるまい。彼が練習をしている傍らで、私は家に籠ってその汚れものを洗っている。自分に備わる女の機能が疎ましくてならないときが、どうしてもあった。

第三の諍いは、その約半年後のことだった。認可保育園の定員に空きがなく、しばらく認可外でしのごうと決めてからだ。

「なぁ、本当に職場復帰しなきゃダメなのか？」と、菅原が絡んできた。

入園の申し込み手続きを済ませた後で、今さらなにをと私は思った。

「そりゃあ、育休取っといて戻らないとか、ないでしょう」

「でも、歓迎はされないぞ」

「覚悟の上よ」

栞はすでに子供部屋で眠っていて、私はリビングで家計簿をつけていた。テレビでは深夜帯のトーク番組が流れている。菅原は風呂上がりの麦茶を飲みつつ、顔を液晶画面に向けたまま喋った。

「だよな。小南監督がいるもんな」

ペンを握る手が止まった。私はカーペットに直接座っており、菅原はソファだ。視線をゆっくりと上げていった。

「子供ができたときも、俺より先に小南監督に相談したくらいだもんな。もう子供ごと、監督に面倒見てもらえばいいんじゃないの？」

「なにを言ってるの」

私は目をすがめた。自分の夫の正体を、見定めようとするように。

「監督は、前みたいに親身になっちゃくれないぞ」

「謝るわよ。許してくれるまで、何度でも」

テレビの中で笑い声が弾けた。それに合わせて菅原も笑う。目を剝《む》いたまま笑っている。

「なぁ、もしかしてまだ走れるとか思ってる？　やめとけよな、みっともない」

今度は私が目を剝く番だった。みっともないことは、言われるまでもなく分かっている。

「栞が保育園に入ったら、マラソンをやってもいいって言ったじゃない」

「だからあれは、市民ランナーとしてって意味でさぁ」

我慢の限界だったらしい。菅原が眉をしかめてこちらを向いた。視線がまともにぶつかって、その先を言い淀《よど》む。うつむいて、鼻から重苦しいため息をついた。

「なんで自分から話のネタになりに行くんだよ。最近やっと身の回りが静かになってきたところなのに」

菅原の言うとおり、世間は早くも私を忘れかけていた。「岸峰子」許すまじと、それが正義であるかのように吊《つる》し上げておいて、薄情なものである。

「栞のことも考えろよ。そのせいで虐《いじ》められでもしたら、おまえどう責任取んの？」

そしてこの人はいつだって、私のアキレス腱《けん》をついてくる。おまえは母親失格だと、一方的に責め立てる。だがいつまでも、黙って聞いていられるわけじゃなかった。

「いちいち子供をダシにしないでよ。ずるいでしょ」

菅原の頬が一気に紅潮した。感情が表に出やすいこの人は、もともと長距離向きの性格ではなかったのかもしれない。実業団駅伝でもそのころには、目立った成績を残せなくなっていた。

「じゃあ言ってやるけどさ、『岸峰子』を孕《はら》ませた男として、俺がどれだけ肩身の狭い思いしてきたか、分かってんの？」

声を荒らげて菅原は自分の膝を強く打った。なにがあっても暴力だけは振るわない男だった。

陸上競技の狭い世界だ。私だけではなく、菅原も後ろ指をさされてきたであろうことは想像にかたくない。男性だけに、もっと露骨な皮肉を言われたかもしれなかった。

でもそれって、私ばかりが悪いのか。

「馬鹿言わないでよ。あなたの避妊が甘かったんでしょ」

憎悪が込み上げ、眉間のあたりに渦を巻いていた。共犯者のくせに、この男はなぜ被害者面をしているのだろう。

私のほうが、ずっと大きなものを失った。肉体的にも、比べものにならないくらいの負担を抱えている。それなのに。

「落ち着けよ」と、菅原が胸の高さに両手を上げた。

人を煽《あお》り立てておいて、いきなり冷静ぶるのはずるい。

「どっちが悪いとか、そういうことが言いたいんじゃないんだ。ただもう、マラソンは諦めてくれって話だよ」

私はテーブルを叩いて立ち上がった。ずっと抑えつけてきた言葉が、喉の奥から込み上げる。ダメだ、これを言ったらおしまいだ。だけどもう、止められなかった。

「どうして私ばかりが我慢しなきゃいけないの。あなたと違って、私は世界を狙えたのよ！」

ピシッと、なにかのひずむ音が聞こえた気がした。

それは私たちにとっての、滅びの呪文だったに違いない。菅原が憐れむような目で私を見ていた。決定的なひと言を放ってしまった、私のことを。

遠くで子供の泣く声がした。いや、案外近い。栞だ。

菅原は両膝に肘を乗せて、分かりやすくうなだれていた。

「なぁ」子供部屋へと向かいかけた私を、乾いた声が呼び止める。

「もし、もしもだよ。小南監督が堕せって言って、俺が産んでくれって言ってたら、おまえどうしてた？」

唇が震えた。あーん、あーん。栞の泣き声が大きくなる。私を信じて呼んでいる。

菅原が膝の間に頭を落とした。髪の毛をぐしゃぐしゃにかき回す。

「ごめん、もういい。行ってやって」

お互いの齟齬《そご》に目を向けなければ、私と菅原は騙し騙し夫婦でいられたのかもしれない。でもお風呂のタイル目地に浮いたカビや、薄くめくれたささくれみたいに、一度見てしまったものはもう、見なかったことにはできなかった。

菅原を引き止めようと必死になれるほど、私はもう彼を必要としてはいなかった。何度か話し合いの機会を設けてみたが、割れた器に水は溜《た》まらない。その割れ目を塞ぐことのできる感情を、私たちは持ち合わせていなかった。

協議の末、離婚は半年後に成立した。「栞が、栞が」と言っていたわりに、菅原はあっさりと娘の親権を手放した。

おかげで栞は月に一度の面会日にしかパパに会えない。東京マラソンのときは無理を言って預かってもらったものの、菅原は私が完走できるとはまるで思っていなかった。目標タイムをクリアしたと報告すると、嵐が去ったあとのような顔で「すごいね、おまえ」と笑った。

そのときあらためて、そうかこの人はもう他人なんだと思い知った。

胸に去来した寂しさは、清々しさとよく似ていた。

栞がひたひたと、足音を忍ばせて子供部屋から出て来たようだ。寝る前のばつの悪さを引きずっているのか、おそるおそる私の寝室を覗いている。ベッドがもぬけの殻になっていることに気づくと「ママ、なにしてるのぉ」と言いながら、リビングに顔を覗かせた。

「おはよう」

私は少し大げさな笑顔を作って振り返る。

炊きたてのご飯が手のひらに熱い。ツナ、シャケ、おかか。卵焼きにはネギを入れて、ウィンナーはタコとカニの形に切った。時計を見ればきっかり五時半である。娘は体の中に時を知らせる鳥でも飼っているのだろうか。

「栞、お花見行こうか」

床に放置したままだったウサギのぬいぐるみを抱き上げて、栞が首を傾げる。

「桜だよ」

そう言われてやっとイメージが摑めたみたいだ。瞳を輝かせて飛び跳ねた。

「久しぶりに、ガラガラに乗って行こうね」

「さくら、さくら！」

節をつけて歌っているが、音程が取れていないのでそれが童謡なのか森山直太朗なのかは分からない。なにはともあれ上機嫌だ。

「お出かけ前に、お顔洗えるひとー」

「はぁい！」

栞が元気のいいお返事とともに、ウサギの腕をぴょこりと上げた。

玄関脇の収納に仕舞っておいたバギーを取り出す。ジョギング用に開発されたもので、タイヤが大きく音もあまりうるさくはない。

サスペンションが効いていて快適なのか、夜泣きがひどかったころもこれに乗せて走れば栞はすぐに寝てくれた。バギーを押して走り回るのは、意外と上半身の鍛練になる。

トレーニングウェアを着て、シューズの紐《ひも》をきっちりと結ぶ。タオル、水、お茶、お弁当、必要なものはバギーに積んだ。

「ウサギさんも！」

ぬいぐるみは栞のパーカーのお腹に入れてやった。

「あかちゃんみたいね」栞がうふふと笑う。靴を履くのを手伝うと怒るので、その間に私はキャップとサングラスを取りに行った。

栞と出かけるときは、今でも素顔をさらさないように気をつけている。この子が岸峰子の娘であると、わざわざ宣伝してやることはない。

「よし、朝練開始！」

「かいしー！」

目指すは麻生《あさお》川沿いの桜並木だ。新百合ヶ丘から柿生《かきお》駅の手前まで、一キロあまり続いている。あとは栞の機嫌しだいで、鴨志田《かもしだ》公園のほうまで足を延ばしてもいいかもしれない。

外はまだ薄暗く、これから目覚めようとしているところだった。ひんやりとした空気が頬に心地よい。車も人も少なくて、足音が町に吸い込まれてゆく。

「寒くない？」

「うん！」

胸元からウサギの顔を覗かせた栞が頷く。帰ったら髪を可愛く結ってあげよう。

走り込みをしていないのだから当然だが、脚が軽かった。設定したペースよりも、ついつい速くなってしまう。

リオに向けて、まずは八月末の北海道マラソンを走る。笹塚コーチと話し合って、そう決めた。リオの八月の最高気温の平均は、二十六度。代表候補者の実力が拮抗していた場合には、夏期に開催される北海道マラソンの内容が決め手となることもある。

そのあとは代表選考レースまでに、ハーフを一本走るかもしれない。こんなふうに一年が、マラソンのレースによって区切られるのは久しぶりだ。身がピリッと引き締まる。

麻生川に差しかかるころには空は白く明るんで、川面《かわも》が葛湯のようにとろりと揺れていた。桜はまさに満開で、両岸から腕を伸ばし合うように咲いている。

「ふぁおおお！」

頭上をよぎる桜の枝に、栞が感嘆の叫びを上げた。首がもげそうなほどのけ反っている。

「ちゃんと座ってないと危ないよ」

「きれいねー。さくら、さくら、さくら！」

娘が歌うでたらめなテンポに合わせて地面を蹴る。花の蜜を吸いに来たメジロ、朝練に向かう野球部員、雑種犬を連れたおばあさん。ピンク色に霞がかった風景が、優しく後ろに流れてゆく。

「さくら、さくら、だいしゅきよー」

この幸福を、お荷物だと切り捨てたくはない。

海外には子供を産んでも活躍しているマラソンランナーはたくさんいる。こんなふうに時間を上手くやりくりすれば、二足の草鞋《わらじ》を履いて走るのもきっと不可能じゃない。

「ねぇ、栞。ママ、がんばって一等賞になるからね」

「なにー？」

「一等賞。栞の首に金ピカのメダルかけてあげる」

「ふぅん」

呼吸が弾む。今が盛りの桜の枝に手を振られ、私と娘は寝覚めの町を駆け抜けた。

雨は窓から眺めて音とにおいを楽しむのが一番だ。外に出なきゃと思ったとたんに厭《いと》わしく、ましてやずぶ濡れで走り回るなんて愚の骨頂である。

五月晴れとは程遠い、雨の降る日が続いていた。

止《や》んでくれないかな。望み薄とは知りつつも、空を見上げて願わずにはいられない。

ロード競技は雨でも決行されるから、練習も「今日は室内で補強にしましょう」という都合のいいことにはならない。レース途中の小雨は熱を持った筋肉を冷やしてくれて気持ちいいが、降りしきる中に走りだして行くのはやはり億劫だ。

お灸《きゆう》の煙っぽさが残る楢山鍼灸院で、私は下腹部にコルセットベルトのようなものを巻きつけていた。毎日行っている「背骨トレーニング」に、画期的発明が加わったのだ。

「これはいいですね。見ているだけでもヌキとタメの切り替えがよく分かります」

笹塚コーチが感心したように、顎に手を当てて頷いた。開発者の楢山院長は、褒められてご満悦の様子である。

「だろだろ。だって自分で腹にタオル巻いて、麺棒二本突っ込んで研究したもんね」

コルセットの骨盤のあたりから、二本の棒が突き出している。それを握って走る動作をしてみると、たしかに骨盤と肩甲骨が背骨から連動しているのが感じられた。

「岸さんは、どう思う？」

楢山院長が無邪気に尋ねる。真っ先に思ったのは「他のお客さんが来たら恥ずかしいな」だったが、率直な意見は言わずに仕舞う。

「はい、体の動きが分かりやすいです」

これまではコーチに骨盤を動かしてもらって、それに合わせて腕を振っていた。だからどうしても、筋肉だけで動いてしまいがちだった。

「骨盤が動くタイミングで、肩甲骨を動かすよう意識してください」

「はい」コーチの指示に短く返す。

はじめて聞いたときは眉唾ものと思われた「背骨トレーニング」だが、実際にここで動きの確認をしてから練習に出ると、驚くほどスピードに乗れた。コンディションが絶好調だったときの、勝手に手脚が前に出てゆく感覚がある。そういう状態をゾーンに入ると言うけれど、その感覚を意識的に作り出せるのだ。面白くて気持ちがよくて、今ではすっかりハマってしまった。

「装着感はどう？　擦れて痛いところがあれば調整するけど」

「うーん、棒の先端がちょっとゴリゴリするかもしれません」

鍼灸院の楢山院長は、気のいい熊のような風貌をしている。診療衣から突き出た腕は黒々とした体毛に覆われており、ごつい指に触れられると体の緊張がたちどころに解けてゆく。その技術を褒めると院長は、「ハンドパワーです」と手を開いておどけてみせた。

実際に楢山院長の手からは、骨太な癒しのパワーが出ているのだと思う。神経が擦り切れそうなときもここに来ればホッとするし、笹塚コーチの表情まで心なしか柔らかい。

楢山院長と笹塚コーチは、大学陸上部時代の先輩後輩だったらしい。初顔合わせのときは、私とコーチがしっくりきていないのを一目で察してくれたのだろう。院長は挨拶もそここに、「なぁ、こいつの大学時代のあだ名知ってる？」と切り出した。

「アシモっての」

ホンダが開発した、二足歩行の白いロボットのことだ。色白の笹塚コーチに目を向けて、思わず吹き出してしまった。コーチに比べれば、アシモのほうがまだ愛嬌《あいきょう》がある。

「飲み会ではこいつのアシモダンスがテッパンで、もうドッカンドッカンよ」

「やめてください、あることないこと吹き込むのは」

「いやおまえ、記憶にないだけで本当にやってるからね」

こうして笑い話にすることで、楢山院長はコーチを周囲に馴染《なじ》ませてきたのだろう。不満げに唇を曲げた笹塚コーチが、そのときだけ妙に可愛く見えた。

そんな楢山院長も、コーチの提唱する「背骨トレーニング」には興味があるらしい。動作の確認のために治療院の一室を提供してくれ、ついには見よう見真似でコルセットまで作ってしまった。私はその被験者第一号である。

手元に戻ってきたコルセットを点検しつつ、院長が尋ねた。

「今日はどこのグラウンドに行くの？」

「町田です。スピード練習なので、さっきの動きを意識してみます」

幸田生命の練習場が使えないため、我々は町田市や多摩市の陸上競技場を転々としていた。大会やイベントが入っていてそれも借りられないときは、多摩川のサイクリングロードをひた走る。時には中学高校の陸上部の練習と被《かぶ》ることもあり、初心を取り戻すには悪くない環境といえる。

笹塚コーチは難しい顔で練習管理日誌を睨んでいたが、やがて「ヘモグロビン推定値が思わしくないですね」と顔を上げた。

楢山鍼灸院には血中のヘモグロビン推定値を、指を載せるだけで計測できる装置がある。採血の手間がないから毎日計ることができ、体重、体温、脈拍数とともに日誌に書き込むことになっていた。ヘモグロビンは酸素と結びついて体内を巡る。つまりその数値が低いと、酸素効率が悪くなる。

「体重も、今の段階にしては落ちすぎです。ちゃんと食べていますか？」

「ええ、まあそれなりに」

嘘《うそ》をついた。もらった献立どおりのメニューを作らなきゃと思うあまり、娘と格闘しつつどうにか作り上げても、「食事」というより「餌」という感覚なのだ。味に問題はないはずなのに、美味《おい》しくない。

それにこう雨が続いては早朝のバギージョグもできなくて、娘のフラストレーションも溜まる一方である。この一ヵ月のうちに二回も熱を出し、練習を中断して保育園に迎えに行かなくてはならなかった。

笹塚コーチには子供がいない。栞を理由に早退するとあからさまに不機嫌な顔をされるので、体調は崩さないでくれと毎日ヒヤヒヤしている。練習にもかなり遅れが出てきた。

気がかりなことは他にもある。最近自宅の近くで同じ車をよく見かけるのだ。相模《さがみ》ナンバーの、赤いヴィッツ。マンションの植込みの陰や、栞の保育園から帰る道中に停《と》まっていることが多い。

もしかしたらまた、アンチに自宅がバレてしまったのだろうか。恐ろしくて運転席には目をやれず、帽子を目深に被ってやり過ごしている。こうしている間にも、もしや栞に危険が迫っていないかと、心は半分あちらに持って行かれてしまう。

「岸さん」

コーチが表情を引き締める。

「――はい」

「このままではリオの表彰台どころか、代表選考にすら引っかかりませんよ」

そんなことは分かっている。コーチよりも私のほうが焦っているし、追い詰められてもいる。二足の草鞋は早くもほころびかけていた。

「本気なら、不安要素の排除に努めていただけますか」

突き放した言いかたが胸に刺さる。不安要素とは、娘のことか。だがそれを、排除しろとはどういうことだ。

小南監督ならこんなとき、同じ目線に下りてきてくれた。必ず本音を聞き出して、共に解決にあたってくれる。でも笹塚コーチは、与えられた仕事だから私についているにすぎない。だからといって、こんな言い草はあんまりだ。

こういうことには口を出さないと決めているのか、楢山院長はコルセットを手にしたまま静観している。私と目が合うと、眉を下げて肩をすくめた。

皮肉なことに練習中は止む気配のなかった雨が、シャワーを浴びて出てみると上がっていた。競技場の出口で駐車場へと向かうコーチと別れ、私は履き替えたシューズの紐を結び直す。

町田市立陸上競技場から自宅までは、約8キロ。「送って行きますよ」という笹塚コーチの申し出は辞退した。あの人とは、必要以上に顔を合わせていたくはない。

流す程度の速度で走っても、保育園のお迎え時間には充分間に合うだろう。リュックを体に固定して、立ち上がる。そこに「あの」と声がかかった。

なにげなく顔を上げて、目を見張る。グレーのサマーニットにベージュのパンツを合わせた女が、小走りに近づいてくるところだった。

「よかった、会えて」

ボブの髪を耳にかけ、女は微笑みを浮かべた。

東西新聞の、山本さんだった。

この人とは、東京マラソンをゴールした直後に鉢合わせている。好奇心も露わに「岸さん、もしかしてマラソンに復帰するの？」と尋ねられたが、私はタイムが気になってそれどころではなく、無視してしまった。

最後の直線でサングラスを外したせいで、岸峰子がマラソンを走ったことはマスコミ各社にばれたようだ。また身辺が騒がしくなるのかと覚悟していたが、拍子抜けするほど穏やかで、そうか「岸峰子」はもはやセンセーショナルな話題ではないのだと痛感させられた。

それなのに、今さらなんの用だろう。

「いやだ、そんな顔しないでよ」

そっちこそ、よくもヘラヘラと笑えるものだ。私はまだ代表辞退会見での、吐き気をもよおす質問を忘れてはいない。

「あらためまして、山本百合子《ゆりこ》です。今は出向というかたちで東西新聞出版にいるの」

差し出された名刺には、『週刊東西編集部』と印字されていた。東西新聞出版は東西新聞社の完全子会社だ。

「はぁ、どうも」

受け取りたくはなかったが、しょうがないのでウェアのポケットに入れた。これからジョギングをするのですよ、という意思表示で軽く両肩を回す。

「ここまで来るのが大変だったわ。取材をお願いしても、幸田生命の広報も陸上部の事務局も、ちっともあなたのことを教えてくれないんだもの」

歳上とはいえ、馴れ馴れしい口調が鼻についた。はじめて取材を受けたときはフレンドリーな人だと思ったが、印象とはそのときの立場によって変わるものである。

「練習場に張りついてみても会えないはずね。別チームで動いていたなんて」

私は相手の顔を見ずに、続いて手首足首を回す。それでも山本百合子は喋り続けた。

「いろんな人に聞き込みをして、やっとここを割りだしたの。小南監督には、『今さら岸に構ったってしょうがないよ』って言われちゃったんだけどね」

首も回そうとして、不自然な角度で動きを止めた。

それはいつの話だろう。小南監督は先週末、辻本を連れてボルダーに飛んだ。八月に北京で開催される、世界陸上競技選手権大会に向けての強化合宿である。

監督は本当に、辻本の指導で手がいっぱいのようだった。私の練習を、なにかのついでに覗きに来るような暇もない。笹塚コーチに引き合わされたあの日から、一度も会ってはいなかった。

私は首を捻《ね》じ曲げたまま、山本百合子を見つめていた。小南監督は本当に、そんなことを言ったのだろうか。問い質《ただ》したいが、この女に弱みを握られたくはない。いてもたってもいられず、方向転換をして走りだした。

「えっ、ちょっと待ってよ」

戸惑いを見せつつも、山本百合子が追いかけてくる。ローヒールとはいえ、足元はパンプスだ。どうせ長くはもたないだろう。

「このところずっと、あなたを追ってたのよ。話くらいさせてよ」

もしかしてあの赤いヴィッツは、この女の車だったのか。紛らわしいことはしないでほしい。

「あなたのことを取り上げたいの。ほら、野田みどりさんも復活したことだし」

そう、それはマラソン界のビッグニュースだった。野田みどりは驚くべきことに、三十三歳にして不死鳥のごとく舞い戻って来たのである。

彼女は幸田生命を退社したのち、陸上部創設間もないブロード・エンターテインメントに拾われた。二〇一一年ごろから再びマラソンを走りはじめてはいたが、かつての栄光の影すら見えない成績で、二〇一三年には引退勧告を受けていたという。まさに崖《がけ》っぷちの状態だった。

その流れが昨年の二〇一四年十一月、最後の開催となった横浜国際女子マラソンでひっくり返る。野田みどりは並みいるアフリカ勢を抑え、堂々の一位に輝いた。それにより、彼女は八月の世界陸上の切符を手にしたのである。

野田みどり、完全復活。彼女の顔を見ると今もまだ、口の中にバウムクーヘンの甘さが蘇る。

一位でフィニッシュテープを切ったその人は、作り物めいた笑顔を浮かべていた女とは別人に見えた。高らかに歌うように胸を張り、顔中を皺立たせて声にならない雄叫《おたけ》びを上げていた。

とても美しかった。まさかあの野田みどりに勇気をもらう日が来ようとは、思ってもみなかった。

「ね、だからちょっと止まってくれない?」

山本百合子はまだしぶとく追いすがってくる。だが、息はすでに上がっていた。

「お願いだから聞いてよ。あのね――」

ペースを一気に引き上げる。もはや素人がついてこられるスピードではない。

「あのね私も、子供を産んだの!」

叫ぶような告白を背中で聞いた。

規則正しく吐いていた呼吸が、わずかに乱れる。

彼女は覚えていないのだろうか。「堕胎という選択肢もあったのではないですか」と、私に迫ったあの日のことを。

子供を産んだから、それがなに?

問い返したい気もしたが、私は後ろを振り返らずに走り続けた。

声はもう、追ってこない。

早く帰らないと。西の空からまた、怪しげな雲が追ってきていた。

もう少し待ってくれてもよかったのに、雨は保育園に着く前にまた降りだした。

保育園の玄関ホールで肩についた雨粒を払う。ホールの壁は掲示板になっていて、季節ごとにディスプレイが変わってゆく。雨の日が続いているせいか、壁には早くも折り紙のあじさいが色とりどりに咲いていた。

「ママー！」

保育士さんに連れられて、栞がこちらに駆けてくる。どうやら上機嫌のようだ。

「あのね、あのね、しおり今日、お姫さまやった！」

「そう、よかったねぇ」

保育園の女の子の間では、お姫さまごっこがブームらしい。私も子供のころはドレスを着たお姫さまになりきって、「ウフフ、オホホ、たいへんパーティーに遅れちゃう」などとやっていたものだ。あれはおそらく、パーティーという響きが楽しかっただけだろう。

「カエルなの。カエルのお姫さま！」

でも栞が言っているのは、私の知っているお姫さまごっこではないのかもしれない。

「あの、岸さん」

栞の着替えが詰まった保育園バッグを手渡してくれながら、保育士さんが遠慮がちに話しかけてきた。専門学校を出たての若い女性である。

「岸さんは来月の保育参観、いらっしゃらないんですよね」

そう言って、胸の前でもじもじと指を組み合わせた。

「すみません。平日はちょっと」

保育参観とは保護者が一緒に登園し、そのまま午前中を過ごす行事である。子供たちの園での生活態度を見てもらおうという意図は分かるのだが、職場で肩身が狭い私には半休を申請するだけの度胸がない。合宿や遠征で席を空けることも多くなることだし、これ以上上司や同僚の心証を悪くするのは避けたかった。

「でも栞ちゃん、お歌もダンスもすごく頑張って練習してるんです。見に来てあげてくれませんか」

私は保育士さんから目を逸らし、外から分からない程度に唇を噛んだ。

「考えておいてくださいね」

だったら平日に行事を入れないでくれと、言いたいのを堪えて頷いた。そもそも働いているから子供を園に預けているのだ。考えてみたところで、事態はなにも変わらない。

「お姫さまだぁ」

水玉模様のレインポンチョを着せられて、栞が目を輝かせる。保育園ではスカートが禁止されているから、お姫さまごっこをしても物足りなかったのだろう。裾が広がるのを喜んで、くるくると回りだす。

親が参観日に来てくれないのは寂しいことだ。それがかわいそうだから、保育士さんもこういうことを言ってくる。私だって本当は、娘の頑張りを褒めてやりたい。

「じゃあね、栞ちゃん。また明日」

保育士さんに見送られ、私は軽く頭を下げる。「不安要素の排除」と言った、笹塚コーチの声が耳に蘇った。解決策は浮かばない。育児との両立なんて、はじめから無理があったのだろうか。

園庭のぬかるみで遊んでいた男の子が、手を泥まみれにしてこちらにやって来る。体格的に四、五歳だろう。なにを思ったか、彼は浮かれ調子の栞にその手をなすりつけてきた。

「いやっ。なにするのぉ」

栞の笑顔が溶けるように崩れてゆく。真っ赤になって泣いている彼女には悪いが、ポンチョを着せていてよかったと、内心胸を撫《な》で下ろした。

「コラ、大輔《だいすけ》！　あの、すみません」

大輔くんとやらのお母さんが彼を捕まえ、顔を上げた。私とまともに目が合って、曖昧な表情になる。相手が「岸峰子」だと気づいたのだ。

「大丈夫です。すぐ落ちますから」

平静を保とうとしたら、声がやけに無機質になった。

お母さんはもう一度「すみません」と会釈をする。「ダメでしょ」と小声で大輔くんを叱りながら、手洗い場へと促した。

保育園児の母親には、幼稚園のようなママ友つき合いはない。送り迎えの時間もバラバラで、行事のとき以外は顔を合わせない人のほうが多いくらいだ。その少ない接点の中でも私をどう扱っていいものか、彼女らは決めあぐねているようだった。

「カエルの、ぴょこたんちゃん」

娘と手を繋いで帰り道を急ぐ。現金なもので、強まってきた雨足がポンチョの泥を洗い流すと栞はピタリと泣き止んだ。長靴で水溜まりの水をはね上げながら、でたらめな歌を口ずさむ。

「ほいくえんのお庭にね、カエルさんがいた。ちっちゃいやつ」

ああ、それでか。突如訪れたカエルブームに説明がついた。アマガエルには毒がある。まさか触っていないだろうな。

「カエルさん好きなの？」

「うん。カエルさんもウサギさんもぴょこたん、ぴょこたんだからね」

栞はそう言って両足で飛び跳ねる。我が子ながら、なかなかいいバネをしている。

「ねぇ、抱っこ」

「ええっ、嫌よ。荷物多いし、栞濡れてるし」

ジョギング用のリュックの他に保育園バッグを持ち、もう一方の手には傘を差している。私は千手観音ではない。

栞に腕を揺さぶられ、傘がずり落ちかけた拍子に視界をチラリと赤いものがかすめた。ハッとして視線だけでそちらを窺《うかが》う。十数メートル先の、路肩だ。赤いヴィッツが停まっている。

置き去りにしたはずの山本百合子が、車で先回りをしたのだろうか。傘を傾けて顔を隠す。しつこい女だ。どうしてあんなに恥知らずでいられるのか分からない。もっとも正義面をして他者を糾弾できる人間なんて、どいつも似たようなものだけど。

「抱っこ、抱っこぉ」

栞はしつこく駄々をこねている。保育園バッグにぶら下がり、体をそのまま外に振った。

「危ない！」という、鋭い悲鳴が飛んできた。

とっさに栞を抱き寄せる。傘差し運転の自転車が、その背中すれすれを猛スピードで走り去って行った。

びっくりした。傘もバッグも放りだしたまま、私はその場にしゃがみ込む。栞が腕の中で泣いている。

ゆっくりと首を巡らせて、後ろを振り返った。ヴィッツの運転席のドアが薄く開いている。そこから顔を覗かせていた女が、私と目が合うと観念したように、傘も差さずに降りてきた。

　降りしきる雨が、女のポロシャツの肩を濡らす。

「――お母さん」

　無言で見つめ合ってから、私は震える声でそう呟いた。


　急須にお湯を注《つ》いでから、来客用の湯呑《ゆの》みがないことに気がついた。

「ごめん、普段お客さん来ないから」

　弁解しつつ、緑茶の入ったマグカップをテーブルに置く。

　母はソファに妙にちんまりと座っていた。着替えに貸した服のサイズがぴったりで、遺伝子というものの神秘と、その抗いがたさを思い知る。

　この人が自宅のリビングにいるなんて、現実感がまるでなかった。栞は知らない大人を警戒しているのか、私の傍を離れない。トイレにもキッチンにもついてきて、今も私の背中に隠れて母の様子を窺っている。

「だれ、このひと」と、耳元に囁《ささや》いてきた。

「栞のおばあちゃんよ」

「ちゃーちゃん？」

「ちゃーちゃんはパパのママでしょ。この人は、ママのママ」

義母だった人は自分のことを孫に「ちゃーちゃん」と呼ばせていた。幼児語を定着させたくない私には、それもまた気に食わなかった。

「ふぅん」いまいちピンときていないようだ。

ここで「おばあちゃんよ」と笑いかけでもすればいいものを、私の母は器用じゃない。はじめて会う孫に、どう接していいのか分からず戸惑っている。あえて視線を合わさずに、だけど全身で栞のことを意識していた。

お母さん、とっさに「危ない」と叫んでしまったのは、どうしてなの？

あのヴィッツは、私が不審に思うほど頻繁に出没していた。なぜずっと、声もかけずに見守っていたのだろう。

車を買い替えていたから、まさか母だとは思わなかった。私に気づかれたいのか、見過ごされたいのか分からない微妙な距離を保っておきながら、孫の危険を察して思わず飛び出してしまうなんて。

私の声にならない疑問を横顔に浴びつつ、母が緑茶を吹き冷ます、その頬骨の高い顔に、私は年々近づいてゆく。

そんな私たちを、栞が無言で見比べていた。邪魔をしてはいけないと感じるのか、いつになく大人しい。

「なんなの、今さら」

聞きたいことならいくらでもあった。でも喉のあちこちにつっかえて、出てきた言葉は喧嘩腰だ。

「そうね、もう三年ね」

母はマグカップを両手で包み込んだまま、その縁に視線を落とした。萎《しぼ》みかけの風船のような、張りのない微笑みを浮かべている。

娘には会わせないと、宣言したのは私だった。それでも本当は待っていた。母のほうから会いに来てくれるのを。そうすればもうなにも言わずに、許そうと思っていた。

「依怙地《いこじ》になっていたのよ。だってあの件では、私も無傷じゃいられなかったから」

それについては、迷惑をかけた。世間の反感は、「岸峰子の母」にも向かった。

私の代表入りが決まった際に、実家にもテレビカメラが入っている。「岸峰子コーナー」の前で誇らしげに笑う母の映像は、全国ネットで流された。ちらりと映った家の外観や近所の風景から、住所を割り出すのはべつに難しいことではない。

「大変だったのよ。警備会社と契約して、お金もずいぶんかかったわ」

「そうね。窓ガラスと塀の塗り直しの代金、請求してきたくらいだもんね」

あの電話はヒステリックだった。頭ごなしに「あんたのせいよ」と怒鳴りつけられて、「払ってやるわよ！」と言い返し、即座に銀行口座に振り込んだ。

お互いを思いやるどころか、感情的にぶつかり合うことしかできなかった。あのころはどちらもギリギリのところに立っていて、消耗しきっていたのだ。

「真夜中にかかってきてたいたずら電話、あれお隣の奥さんだったのよ。あなたも覚えてるでしょ、田村《たむら》さん。さすがに人間不信になったわ。誰彼かまわず疑って、今じゃただの偏屈ばあさん扱いよ」

こんなことを古い思い出話のように、母と語り合っているなんて。物足りなく感じてしまうほど、私の心は凪《な》いでいた。

「先月ね、会社を定年退職したの」

あっ、と目を見開いた。そうだった、この人は四月生まれだ。

あらためて見れば三年前より目が落ち窪み、生え際の白髪も増えている。私の母は、もう還暦なのか。

「あっけないものね。長年勤めてきたって、花束をもらってハイ終わり。翌日からはなんの繋がりもない毎日が待ってたわ」

話が長くて厭《あ》きてきたのか、栞が私の体をよじ登ってきた。肩を内側に傾けて、娘を上手く膝に落とす。その様子に母が目を細めた。

「それで、寂しくなって会いに来ちゃった？」

どうしても皮肉めいた言い回しになってしまう。孤独に耐えられなくなる前に、会いに来てくれたらよかったのに。そう思いながら、艶やかな栞の髪を撫でた。

「言ったでしょ、依怙地になっていたの。あなたが会いに来るまでは許さないって、決めていたから」

私はゆっくりと目をつぶった。

母と私は、悲しいほどよく似ているのだ。

どんなに離れていようとも、この血の中に母がいる。「まだ堕せるんでしょう」と聞いた母は、私だった。

まったく同じことを考えたのだ、私も。お腹に子供がいると分かったときに。

母に対して身の毛もよだつような嫌悪を覚えたのは、そのせいだった。

「だけど、笹塚コーチが会いに来てくれてね」

栞を撫でる手がピタリと止まる。母の口から出るはずのない名前だった。

「それは、いつ？」

「先月の、はじめごろよ」

まだ紹介されて間もないころである。コーチからは、そんなそぶりはまったく感じられなかった。

「またマラソンを、走るんでしょ」

母がすっと姿勢を正した。まるで厳粛な儀式に臨むかのように。そしてきっぱりと宣言した。

「私がサポートするわ」

しばらく無言で母と向き合った。

意志を持った強い目に、射すくめられたようになっていた。

「ねぇ、お腹すいた」

栞の声に我に返る。時計を見れば、すでに七時を過ぎている。

「よし、じゃあ作ろうか」と、立ち上がったのは母だった。

「ちょっと、お母さん」

母はさっさとキッチンカウンターの向こう側に回り込む。私はその後に追いすがった。

「いきなりなに言ってるの。困るよ」

「困るわけないじゃない」

真正面に立って、否定された。キッチンを背にした母には、妙な迫力が備わっている。

「リオに行くんでしょ？」

決定事項のように尋ねてくる、その気迫に負けて頷いていた。

「ここに無償の家政婦兼ベビーシッターがいるわ。必要でしょ」

必要だった。このままでは遠からず、二足の草鞋がすり切れるのは目に見えていた。

「私を許してくれなくてもいい。でも利用しなさい、峰子」

母が私の肩を摑む。Tシャツ越しに、その熱がじんじんと伝わってきた。

「あなたは、前だけ向いて走りなさい」

私によく似た双眸《そうぼう》が、視界いっぱいに広がっている。その中にいる無数の私が、安堵《あんど》の色を浮かべて頷いた。


翌日は久しぶりに雨マークのつかない、青々とした空が広がっていた。多摩川の水は滔々《とうとう》として、両岸の新緑が目に鮮やかだ。

多摩川サイクリングロードは羽田から羽村に及ぶ、50キロあまりのコースである。今日は立日橋から丸子橋まで、30キロを下る予定になっていた。

「そうですか、それはよかった」

ウォーミングアップの3分ジョグにつき合いながら、笹塚コーチはしれっと言ったものだ。偏光ミラーのサングラスをかけており、いつも以上に表情が読めない。早足で歩くだけでも汗ばむほどの陽気なのに、涼しげな横顔を見せている。

「『よかった』じゃないですよ。どうして私になにも言ってくれなかったんですか」

「言ったらあなた、『必要ない』と突っぱねるでしょう」

もちろんだ。自分から母に助力を仰ぐなんて、昨日までの私なら絶対にできない。今もまだ、堕胎を勧めた人に娘を任せていいのかと、生煮えの米を嚙むような気持ち悪さを抱えている。

だがそれ以上に、母は便利だった。本人の言うとおり、家政婦兼ベビーシッターとして。彼女が泊まってくれたおかげで、今朝は充分な朝練ができた。ジョギングから戻ってみれば栄養満点の朝食が用意されており、栞の保育園の準備も洗濯もすべて完了している。まるで殿様にでもなったような気分である。

「こんな根回しをするなんて、意外と熱い男だったんですね」

けっきょく私は、笹塚コーチの思惑の上で踊らされていたのだ。厭味《いやみ》くらいは言ってやらないと、気がすまない。

「違います。あなたたちがウェットなだけですよ」

「言ってくれますね」

「だってそうでしょう。我々の手持ちのカードは少ないんです。貴重な一枚を無駄にしてどうするんですか」

そしてどうやら、予算も少ない。ベビーシッターを外部から雇う余裕はなかったのだろう。

「もっと論理的に動いてくださいね。お互いになかなか歩み寄ろうとしないから、こちらはイライラし通しでしたよ」

「それは悪うございました」

そんなふうに割り切れる母と娘ならば、最初から三年も絶縁してはいないのだ。

ふと気になって、尋ねてみた。

「コーチの奥さんって、どんな人なんですか」

「そろそろスタートしますよ。入りは3分50秒から」

「ごまかしましたね」

「普通の人ですよ」

答えになっていない。

「『普通』の基準ってなんですか」

「さあ。私にも分かりません」

息が切れないペースで走りながら、自転車を停めておいた箇所へと戻った。コーチは質問を遮るように、素早くその上に跨《また》がってしまう。照れているのだろうか。

紫外線対策として私もキャップとサングラスを装着し、その場で軽く足踏みをした。後ろからコーチが自転車でついてきて、給水などのサポートをする段取りになっている。

「コーチ」

「まだなにか？」

「ひとまず、ありがとうございます」

サイクリングロードの先を見据えたままそう言った。背後を振り返るのはまだ、きまりが悪い。この人がここまでのことをしてくれるなんて、思ってもみなかったから。

「気にしないでください。不安要素を潰してゆくのも、コーチの仕事ですから」

ランニングウォッチの操作音とともに、素っ気ない返事が返ってきた。彼が言った「不安要素」とは娘のことではなく、母との関係性のことだったのだ。

「いよいよ本格的に『チーム岸』の始動です。出発しますよ」

コーチの合図で30キロ走をスタートさせた。抑えたスピードで走りだしながら声を張る。

「なんだか気の置けないチームですけど、しょうがないですね」

「誤用です。『気が置けない』は、相手になんの遠慮もいらない関係のことです」

すかさず背後から訂正が入った。

道は果てしなく続いている。呼吸が乱れるのも構わずに、私は天を仰いで笑った。

三　創意工夫＋勇気＋勤勉＝奇跡

羽田空港の到着ロビーに、ひと月前の喧騒《けんそう》はない。家族連れは見当たらず、目につくのはスーツ姿の男性ばかり。そんな光景の中で、娘が着ているピンク色のワンピースはよく目立っていた。

夏はもう終わってしまったのだ。しみじみとそう感じ入る。人待ち顔で辺りを見回していた栞が、ゲートから出てくる私たちに気がついた。

「ママ、おかえりー！」

無機質な空間に、甲高い声が響き渡る。私が腕を左右に開くと、迷うことなく飛び込んできた。

久しぶりのぬくもりとたしかな重みに、体の芯がふっと緩む。頭頂部に鼻を寄せて、娘の日なたくさい匂いを存分に吸い込んだ。

「どうも、お疲れさまです」

栞のあとをマイペースに追って来た母が、私の背後に向かって会釈をする。笹塚コーチと合宿に帯同してくれた楢山院長が「どうも」と応じた。

一ヵ月に及ぶ北海道深川市の合宿と、札幌でのレースを終えて戻って来たばかりである。朝から晩までほぼ毎日屋外にいたのに、笹塚コーチはどういうわけか、まったく日に焼けていなかった。

栞が口に手を添えて伸び上がってくる。

「メダルは？」と、ひそめた声で催促された。

すぐに見せてあげたくて、機内持ち込み用のバッグに入れてある。それを取り出して、栞の首にかけてやった。

「ほわぁ。きいろ」

「黄色じゃないよ。金色だよ」

北海道マラソンのメダルは娘の体に比べて大きくて、重みで首が傾《かし》いでいる。だが栞は「きれいねー」と、メダルを両手に持って見入っていた。

「お姫さまみたいね」

きらびやかなものは彼女にとって、すべてそのカテゴリーに入るらしい。母が腰を折って、栞の手元を覗《のぞ》き込む。

「頑張ったわね。スタートではひやりとさせられたけど」

一昨日のレースの模様は、ＢＳで生中継されていた。北海道マラソンは男女混合のレースだから、スタート直後は特に男性選手からのプレッシャーが恐ろしい。接触すれば、体格負けするこちらが転倒してしまう。

私も危ないところだった。幸いにも隣を走っていた男性がとっさに腕を摑《つか》んでくれて、転倒は免れた。彼がいなければ、このメダルを手にすることもなかっただろう。

「おかげさまで、『岸は夏に強い』と印象づけることができました」

笹塚コーチがお辞儀をしながら、母にお土産の「白い恋人」を差し出した。こういうところは意外にマメで、実家を訪問した際にも老舗である清寿軒のどら焼きを進呈したらしい。

だから母のコーチに対する印象は、「若いのによくできた人」だ。わざわざ否定することもあるまいと、そのままにしてある。

「いやぁ、暑かったねぇ」

楢山院長がそう言って、濃く茂ったもみあげを撫《な》で上げた。

女子の部で私が優勝できたのは、暑さがたたって全体的にタイムが伸びなかったおかげもある。最高気温が三十度という視界も霞《かす》む猛暑の中、「熱中症に気をつけてください」とメガホンで注意を促すスタッフまでが倒れそうだった。

「もともとスタミナのある選手ですから、今後の課題はスピードですね」と、コーチが言う。

一位だったとはいえ、タイムは2時間30分12秒だ。数字だけ見れば決して褒められたものではない。

世界的なマラソン高速化時代に対応するために、日本陸連がリオ五輪選考基準の設定タイムとしたのが2時間22分30秒である。私は復帰前ですら、22分台を出したことがない。二〇一二年の名古屋における、2時間24分12秒が自己ベストだった。

「五輪の代表枠が一つ、埋まってしまったことだしね」

そう言って母が頬に手を当て、ため息をつく。

先日の北京で開催された世界陸上競技選手権大会は、リオへと繋《つな》がる最重要レースだった。国内選考レースの結果を待たずして、「八位以内入賞の日本人トップ選手」は、五輪代表に内定する。大邱のときは「三位以内の日本人トップ選手」だったから、それよりも枠を広げた形だ。その枠の中に、野田みどりが引っかかった。

陸上ファンのみならず国民の期待を一身に集めていた辻本は、結果がふるわず十四位。野田みどりは六位入賞を果たした直後、その場に泣き崩れた。金メダリストの威光をかなぐり捨てた、最後の喘《あえ》ぎ苦しむような粘りは圧巻だった。

これでリオへの切符は、あと二枚となった。

「こうなると、横浜の打ち切りがますます痛いわね」

代表選考レースの一つだった横浜国際女子マラソンは、野田みどりが優勝を飾った昨年十一月の大会を最後に打ち切られていた。理由は財政難である。

市民マラソン隆盛の昨今だが、競技としてのマラソン人気はむしろ下火で、国内レースは次々に市民参加型へと変貌を遂げている。そもそも横浜の前身である東京国際女子マラソンにしてからが、東京マラソンに追われる形で舞台を移したのだ。多くのメダリストを排出した由緒ある大会の終焉は、そのまま女子マラソン界の斜陽の象徴でもあった。

横浜の代わりの選考レースをどこに設定するか、陸連はずいぶん決めあぐねていたようだ。さいたま市に場所を移すと発表されたのが四月半ばのこと。だがコースを見るかぎり起伏が多く、他のレースに比べて好タイムを望めそうにない。

確実なのは一月の大阪と、三月の名古屋。私はそのどちらかを走ることになるだろう。

「ねぇ、もういいでしょう。早く帰ろう」

栞が痺《しび》れを切らし、私の肩に額をこすりつける。大人同士のよく分からない会話に厭《あ》いたようだ。

「ごめん、ごめん」と、その背中を撫でる。

「でも、帰る前にご飯行こうよ。ママお腹《なか》空いちゃった」

先のことを決める前に、今は短い休養期間だ。普段我慢している美味しいものが、好きなだけ食べられる。

「ケーキ食べたいなぁ」という私の呟《つぶや》きを聞きとがめて、笹塚コーチが渋い顔をした。

栞はまるで子猿みたいに、私から離れようとしなかった。

自分の足で歩きもせず、空港内のレストランでは私の膝で食事をした。一時間以上かかる帰りの電車でも、抱っこを要求する始末である。

「寂しかったのね」

電車の座席についてすぐ寝はじめた栞に、母が柔らかな眼差《まなざ》しを向ける。

ぴったりと密着した私と栞のシルエットは、まるで妊婦のころに戻ったかのようだ。二度と離してくれるなと主張するように、しがみつく娘の握力が切ない。

「なにか変わったことはなかった？」

「そうねぇ。しおちゃん、ボタン掛けができるようになったわよ」

しおちゃん？　頭の中に疑問符が浮かぶ。母はいつの間に栞のことを、そんなふうに呼ぶようになったのだろう。娘の私ですら「峰ちゃん」と呼ばれたことがないのに。

「そっか。びっくりだな」

「きっとあとで『見て見て』って、しつこいほどやってくれるわよ」

栞は二歳半には自分でお着替えができるようになっていたが、ボタン掛けはもう一歩だった。せっかくできるようになったのに、傍にいて「すごいね」と褒めてあげられなかった。

たのがもどかしい。この年頃の子供はめまぐるしく成長してゆく。リオの表彰台を目指すうちに、私はどれだけの貴重な瞬間を見逃す羽目になるのだろう。

栞の前髪を留めている、ウサギのついたヘアピンには見覚えがない。それを指先で撫でながら、呟いた。

「北海道で、菅原に会ったの」

深川市はスポーツ合宿用の施設が充実しており、札幌からの交通の便もいいため、夏期には多くの実業団選手や大学生ランナーが集まってくる。コミタも毎年合宿を張っており、出くわすかもしれないからと、菅原には前もって連絡を入れておいた。

「栞はどうしてるんだって聞かれて、お母さんが見てるって言ったら、驚いてた」

不意打ちよりはマシだろうと思って電話をしただけなのに、菅原は話がしたいと言ってきた。彼が予約したレストランはデートに使うようなフレンチのお店で、今さらなにをあらたまることがあるのかと、可笑《おか》しかった。

「大丈夫なのかって、心配されたわよ」

「でしょうね」と、母が肩をすくめる。

菅原とは月に一度の面会日に顔を合わせてはいるが、せいぜい栞を何時に帰すかといった必要事項を言い交す程度だ。母がほぼ同居状態で栞の面倒を見ていることは、話していなかった。

「引退するんだって、あの人」

早ければ十一月の東日本実業団対抗駅伝。それに勝ち進めば一月のニューイヤー駅伝で、選手生活を終わりにするつもりだと彼は言った。

「そう。辞めてどうするの？」

「システムエンジニアの学校に通うつもりだって」

「コミタも辞める気なのね」

今まで陸上しかやってこなかったから、まったく別のことをしたいのだという。まだ三十歳なのに「悔いはないよ」と、彼は最晩年のような顔をして笑った。

「それで、養育費をまけてくれとでも？」

「当たり。よく分かったね」

「そのくらいしかないいじゃない。別れた夫の言いだしそうなことなんて」

養育費は家庭裁判所の算定表に基き、菅原と私の年収を考慮して決めてある。だから支払う側の年収が下がれば養育費も当然見直されるべきだと、彼の主張は要約すればそういうことだった。

「なんかね。私があの人の人生を歪《ゆが》めちゃったのかなぁって思うと、ちょっとね」

お腹がいっぱいで胸に伝わる栞の呼吸が安らかで、少し眠くなってきた。そのせいで私は母を相手に、こんな弱音を吐いている。

私とのことがなければ、菅原はもっと活躍できたかもしれない。つまるところ、彼には現役を退いたあとも陸上界に残れるほどの実績がないのだ。「別のことをしたい」のではなく、「せざるを得ない」のが現状だろう。

「箱根を走ってたころは、カッコよかったんだけどな」

「そうね、そして箱根で燃え尽きちゃったのよ」

母は中吊《なかづ》り広告を見上げて、そう断言した。「週刊東西」の広告が目に入る。『復活にかける女たち』という見出しの下に、野田みどりと私の写真が載っていた。私はキャップの鍔《つば》を引き下げて、顔を隠す。

「よくあることよ。箱根で一躍脚光を浴びて、大金積まれて実業団に入っても、なんとなくやる気が出ない。あたりまえよね。だって彼らは陸上人生のクライマックスを、箱根に設定してるんだもの」

そうかもしれない。大学の陸上部にいた男子たちは、ほぼ例外なく箱根に憧れて関体大に入学していた。彼らはたとえ故障で選手生命を縮めたとしても、一人あたり20キロ前後、山あり谷ありの苛酷なコースを走りたがる。若さと試練と連帯感。その先の人生に於《お》いて、あれ以上のドラマはなかなか訪れない。

「菅原くんはここ八年、余熱だけで走っていたのよ。あなたのせいじゃないわ」

来年六月の日本選手権は、トラック競技のオリンピック代表選考会を兼ねている。せめてそれまで頑張ってみればと勧める私に、菅原は「そこまではもたないよ」と苦笑した。彼には自分の余熱の残量が、よく分かっていたのかもしれない。

「そう、そうね。だといいね」

口の中でそう呟いて、瞼《まぶた》を閉じた。

タタトン、タタトン、電車の振動がお腹に心地よく響く。

私はずるい。母なら必ず私の肩を持ってくれると、分かっていてこんな相談をした。「あなたは悪くない」と、慰めてもらいたいだけだった。

「峰子、ごめんね」

「なにがよ」

目を開けずに応じた。私が寝入ったものと思っていたのか、母に動揺の気配が走る。

「なんとなくよ」

「『なんとなく』で謝るような人じゃないでしょう」

私の復帰を知ってたまらず会いにきたときでさえ、この人は「悪かった」としか言わなかった。人の寝顔に向かって謝るのは、あまり建設的な態度ではない。もう一歩踏み込んで尋ねると、母はようやく覚悟を決めた。

「私、しおちゃんが可愛《かわい》いの」

薄目を開けて、栞を見下ろす。私の体温が熱いのか、頭に汗をかきはじめている。額に貼りつく髪を手櫛《てぐし》で流してやりながら、「そう」と頷《うなず》いた。

「近頃本当に、可愛くてたまらないのよ」

まるで懺悔《ざんげ》のように、母は孫への愛を語る。

私の長期の不在が、母と栞の距離を急速に縮めたのだ。さっきから母は私にべったりな栞を見て、物足りなそうにしていた。

でもこの子は、母が堕《おろ》せと言った子供なのだ。

孫を愛することに戸惑いと罪悪感を抱いているこの人を、哀れだと思った。

「可愛いと思ってやってよ。あなたはこの子のおばあちゃんなんだから」

栞の薄い瞼が微《かす》かに揺れている。この子の見る夢が幸せなものであればいい。そう願う気持ちは止められない。

さっきから乗客がこちらをチラチラと気にしている。顔を伏せてしまった母に、声をかけた。

「ねぇ、泣かないでよ。私が年寄りを虐《いじ》めてるみたいじゃない」

「失礼ねぇ」

電車が降車駅のホームに滑り込む。

休養期間のうちに娘と母を連れて、遊園地にでも行こうと思った。

九月も下旬になって、ようやく暑さの中から芯が抜けた。同じ三十度でも一週間前とは日射しの質がまったく違う。肌を刺さずに、舐めるようにじわりと焼く。日が落ちるのも目に見えて早くなった。

そろそろ夕刻のジョギングには、LEDライトを装備したほうがよさそうだ。多摩市立陸上競技場を出て、黄昏《たそがれ》の空を見上げながらそう考える。この周囲には草叢《くさむら》が多く、虫の音が耳に優しい。

オリンピックの代表選考レースに向けて、今週の月曜から本格的な練習を再開させていた。また負荷の軽いトレーニングからはじめて、本番までに体を作り込む。競技を続けているかぎり、このサイクルは終わらない。

多摩市の競技場から自宅までは、約6キロ。クールダウンにはもってこいの距離である。笹塚コーチは「車に気をつけてくださいね」と子供に与えるような注意をして、先に帰って行った。

その場で軽く飛び跳ねてから、走りだす。駐車場から都道十八号線に出たところで、後ろから足音が追いかけてきた。

「岸さん、お久しぶり」

山本百合子だ。皇居ランナーが好みそうな、お洒落《しゃれ》なウェアに身を包んでいる。足元はナイキのランニングシューズだ。

る。


「どうも」と私は無難に返す。

さすが夜討ち朝駆けがモットーの、遊軍記者だっただけのことはある。その日の練習場所をどこから探り出してくるのか、山本百合子はしょっちゅう私の帰りを待ち伏せしている。


置いてきぼりを食らったその次から、ジョギングウェアを用意してきたのは見上げた根性だった。はじめは2キロもついてこられなかったのに、今ではゆっくりなら5キロくらいは走りきる。「東京マラソンにエントリーしようかしら」などと、調子のいいことを言うようになった。


山本百合子は私の斜め後ろにつけて、精力的に話しかけてくる。

「まずは北海道マラソン優勝、おめでとう」

「はぁ、どうも」

「で、選考レースはどこを走るの。埼玉？　大阪？　名古屋？」

単刀直入に切り込んできた。「まだ決まってません」とはぐらかす。

本当は、名古屋の可能性が濃厚だった。験を担ぐではないけれど、一度は五輪代表に手の届いたあのレースに、賭けてみたい気持ちがあった。四年前には幻と消えたオリンピックへの切符だ。次こそ絶対に、摑《つか》んだらもう離さない。

「読みましたよ。『復活にかける女たち』」

はじめてこちらから、山本百合子に話題を振った。

その記事は世界陸上の女子マラソンが終わった直後に書かれたもので、誌面の多くが野田みどりの五輪代表内定のニュースに割かれていた。私については『ロンドン五輪の代表辞退で世間を騒がせた岸峰子（30）もまた、リオへの布石として8月30日の北海道マラソンを走る。一児の母となった彼女がどのような復活劇を見せてくれるのか、期待して待ちたい』と、軽く触れられていたにすぎない。

「たったあれだけの記事で、中吊り広告に写真を出すのやめてもらえますか」

「そう言われても、中吊りは私の管轄じゃないからねぇ」

信号で足止めを食らった。その場で足踏みをしながら隣を窺《うかが》う。山本百合子のとぼけた顔を見て、なにも知らなかったはずはないと確信した。

「それと世界陸上の記事、代表内定した野田さんより、辻本の写真のほうが圧倒的に大きかったんですけど」

「あれは読者サービスよ。ウチの読者層の主流は五十代以上のオジサマなの。華がほしいの」

華のない顔で悪かったな。信号が変わりきらないうちに走りだす。

「待ってよ。しょうがないでしょ、今の女子マラソンは辻本さんの人気でもってるんだから」

腕にリフレクターを巻いた男性ジョガーとすれ違った。このあたりは歩道が広く、ジョギングをしている人たちをよく見かける。東京マラソンの成功から、マラソンは見るものから参加するスポーツへと意識が変わった。

「大変ですねぇ、辻本も」

それについては同情する。日本のお家芸だったマラソンが、アフリカ勢の台頭でしだいに勝てなくなってきた。辻本だけが唯一の望みで、その細い肩には「次こそは色の違うメダルを」という期待がのしかかる。

残念ながら世界陸上で入賞に届かなかった彼女は、休養もそこそこにボルダーにとんぼ返りしていた。もちろん小南監督も一緒である。

「あら、話題性だけならあなたも負けていないわよ」

そこに「だけ」をつける必要はあったのか。引っかかるものがあったが、聞き流した。

「今回の記事だって『岸峰子』特集の、導入のつもりで書いてるんだから」

諦めの悪い人だ。もういいかげん、うんざりしている。

山本百合子は二度目の待ち伏せの際に、「あなたが走ることは、子供を持って働く女性たちの希望になると思うのよ」と、熱心に掻《か》き口説いてきた。私がとある女性団体から「妊娠三ヵ月でフルマラソンを走ったとんでもない女」として叩《たた》かれまくった過去は、すでに忘却の彼方にあるらしい。

「その企画、編集長に却下されたんじゃありませんでしたっけ」

「そんなもの、あなたの活躍次第でいかようにも転がるわ」

本当にぺらぺらとよく喋《しゃべ》る。練習後のクールダウンだからゆったりと走りたいのに、苛立ちのあまりスピードが乗りはじめてしまう。

「日本のママさんランナーで、オリンピックを走った人はまだいないじゃない。その第一人者になってよ、岸さん」

「その『ママさんランナー』っていうの、やめませんか」

そう言われるたびになんとなく、小馬鹿にされた気分になる。「ママさんバレー」のような、趣味の延長めいた響きがある。

「じゃあなんて言えばいいのよ」

「それは自分で考えてください。売文屋なんだから」

侮蔑的な言い回しに、山本百合子があからさまにムッとした。そう、つまりそういうことだ。

「小さな子供を抱えて仕事をしている女性は今、すごく閉塞感を覚えていると思うの」

山本百合子の息が上がってきた。彼女にとってはややペースが速いのだろう。喋りながら走っているのだから、なおさらである。

「がむしゃらに仕事をすれば、『お前みたいな女が子供を産まないから日本が悪くなる』

って非難される。結婚して妊娠すると『時期を考えろ』と怒られて、無事に産んで仕事に戻ろうとしたら責任あるポストにはもう他の人が就いているのよ。私のやってきたことってなんだったんだろうって、思っちゃうじゃない」

はっきりとは言わないが、この人が「週刊東西」に出向になったのは、妊娠がきっかけだったようだ。それを不当人事だとして、彼女は女性のワークライフバランスに関する記事ばかりを書きたがる。そんなものを読者層の中心を占める「五十代以上のオジサマ」が読みたがるはずもなく、「週刊東西」編集部内でも空回りしている気配があった。

つまり彼女がまくし立てたことはすべて、彼女自身の不満なのだ。

「ねぇ、岸さんはどうしてマラソンに復帰する気になったの？」

そんな質問に答える義務はない。私は沈黙を守り通す。

「このままじゃ終われないと思ったからでしょ。リオを目指して走るあなたの姿に、勇気づけられる女性は大勢いるはずなのよ」

この人はまるで分かっていない。私が北海道マラソンで優勝したところで、世間の反応はおおむね「どうしてあの人また走ってるの？」だった。否定的な意見は数あれど、誰からも応援はされていない。

「週刊東西」で私の特集を組んだところで、読み飛ばされるのがオチである。彼女にストップをかけたという、編集長の判断は正しい。

「あんなことがあったのに人前に出てくる決心をするなんて、きっとよっぽどの——」

「いいかげんにしてくれませんか」

それ以上は聞くに堪えず、途中で遮った。山本百合子を振り切るのは簡単だが、このへんではっきりとさせておく必要がある。

「取材を受ける気はありません。それに私、全国の母親たちのために走っているわけじゃありませんから」

「それでいいのよ。そんなものは、見る側の勝手な思い入れなんだから」

その勝手な思い入れのために、実家に石を投げられたり盗撮されたりしてみろよと思う。民意は移ろいやすく、無責任だ。そんなものはあてにできない。

スピードを落とし、立ち止まった。数歩先まで進んでしまった山本百合子が、訝《いぶか》しげに振り返る。苦い笑みがこみ上げてきた。

「忘れたんですか。あなただって、私に『時期を考えろ』と詰め寄った一人じゃないですか」

山本百合子の頰に、沈みかかる夕日が赤く映えていた。馬鹿みたいに口を開けて、そこから荒い息を吐いている。その頰がゆっくりと、痛みを訴えるように歪んでいった。

やっと思い出していただけたらしい。無自覚というのは恐ろしいものだ。これでもう、彼女が私につきまとうことはないだろう。

「失礼します」

動揺している山本百合子の脇をすり抜け、走りだす。足音はそれ以上追ってこなかった。


娘の通う保育園の園歌は、伴奏の一部が笑点のテーマに似ている。それに合わせて子供たちが力いっぱいに歌うものだから、笑いを堪《こら》えるのが難しい。

澄み渡った日曜の空に、元気な歌声が吸い込まれてゆく。栞は二歳児クラスのブロックで、口を大きく開けて歌っていた。同じクラスの子供たちと並ぶと、背が小さいのが気にかかる。そんなものは個人差だと、分かってはいるのだけど。

「しおちゃんが出るのは、かけっこと借り物競走よね」

栞の保育園にまつわることは、母のほうがすでに詳しい。日々の送り迎えに保育参観、有志による運動会の準備手伝いにも行ってくれた。昨日はかけっこのメダルを手作りしたそうだ。五人ずつがよーいドンで走り、一位になった子に渡すのである。「もらえなかった子がかわいそうだから、全員分作りませんか」と言いだしたお母さんがいたようだが、さすがに手間なので却下になったらしい。

ハートのおにぎり、ミートボール、ちくわの磯辺揚げに甘い玉子焼き。早朝に軽いランニングだけを済ませ、母と二人で栞のリクエストの品をこれでもかとお弁当箱に詰めた。

来週で三歳になる栞は、ボキャブラリーが増えたせいか癇癪《かんしゃく》の頻度が減ってきたように思う。あの「イヤイヤ」は、自分の気持を上手《うま》く伝えられないストレスからきていたのだろう。そうと分かっていれば対処のしようもあったのにと、気づくのはいつも後からである。

「それにしても見づらいわねぇ、ここ」

運動会のプログラム用紙を庇のように額に当てて、母が目を細めた。

「しょうがないじゃない。みんな早朝から場所取りしてるんだもん」

いつもどおり八時に登園してみると、目ぼしい場所は早くもシートで埋めつくされており、ジメッとしたコンクリート塀の際しか空いていなかった。ビニールシート越しに、土に含まれた湿気が這《は》い上ってくる。足腰を冷やしたくなくて、布のバッグをお尻に敷いた。

「しおちゃんが走るときは前に行きましょうね」と、母はすでに前のめりである。

グラウンドでは一種目めのかけっこがはじまっていた。一歳児から五歳児まで、クラスごとに20メートルほどの短い直線を走る。一歳児では主旨を理解できない子供もいて、保育士さんが立ち止まって動かない子をなだめすかしたり、反対側に走ってしまう子を追いかけたり、それもまたご愛嬌《あいきょう》だ。

去年は離婚が成立してまだ間もなくて、最後まで突っ立ったまま走らなかった栞を面白がる余裕もなかった。あれでウチの子はこの先やっていけるのだろうかと、一抹の不安を胸に抱いたものだ。

だが今年の栞はスタートのピストルの音に怯《おび》える様子もなく、勇ましげに腕を振って入場してきた。二歳児クラスの、三グループめに走るようだ。

「あ、ちょっとすみません。通してください」

母が人混みを掻き分けて最前列に陣取る。この日のためにいつの間にか、新しいハンディカメラを買っている。

第三グループがスタートラインに並んだ。母が手を振っているのに気づいたのだろう。栞がこちらに笑いかけようとした、そのタイミングでピストルが鳴る。

「ああ」と思わず額を押さえた。

だが栞の追い上げは凄《すさ》まじかった。慌ててスタートダッシュを切ると一人抜き、二人抜き、あっという間に一位でゴールに駆け込んだ。

「わぁ、すごい。しおちゃん、すごぉい」

母がはしゃいだ声を上げる。さぞかしいい映像が撮れたことだろう。一年前とは別人のような娘の活躍に、私は口を開けて呆然《ぼうぜん》とするばかりだった。

プログラムはゆるゆると進んでゆく。四歳児、五歳児ともなると足腰が強くなり、走りかたも安定してくるようだ。ハイハイしかできない〇歳児は電車の絵が描かれたダンボール箱に乗せられて、保護者がそれを引っ張って回る。どの子を見ても、栞もあのころはああだったとか、来年はあんなに大きくなるのかなとか、娘のことばかりを考えてしまう。

「ウサギ組の親子競技に参加される保護者の方は、入場門に集まってください」

アナウンスが聞こえてきて、腰を上げた。いよいよ出番だ。母が眩《まぶ》しそうに目を眇《すが》めて見上げてくる。

「私が行こうか？」

「ううん。栞を負ぶって走らなきゃいけないんでしょ。腰にくるよ」

「そうやって、すぐ人を年寄り扱いする」

栞のことは母任せにしていることが多いから、このくらいは私が出てあげたい。娘はあっという間に、負ぶうのが困難なほど大きくなってしまうのだ。

「ちゃんと撮っといてね」

そう言うと、母が了解の合図にハンディカメラを掲げてみせた。

入場門の手前で栞と合流する。さっきもらったメダルはいったん先生に預けたそうだ。

「あとで見せてあげるね」と、耳打ちをされた。

またもや五組ずつ走るようだ。栞と手を繋いで入場する私に、好奇の目が集まるのが分かった。帽子と伊達眼鏡で顔を隠していても、この園に岸峰子の子供がいることは誰もが知っていることである。

異変を肌で感じたのか、栞は「ママ？」と不安げだ。「大丈夫」と言う代わりに、その手を強めに握り返した。

我々は第二グループだった。第一陣が子供を背負い、ピストルの音と同時に頭上に渡した棒に向かって突進してゆく。そこに吊り下がっている紙を子供が取ると、「眼鏡貸してくださぁい！」「絆創膏《ばんそうこう》を持ってる方！」と声が上がった。あちこちから笑い声が聞こえ、始終和やかな雰囲気である。

「次の方、準備してください」と促され、栞に背中を向けてしゃがんだ。ずっしりとした重みが覆いかぶさってくる。これはなかなか、いいトレーニングになりそうだ。

第一陣が完全にゴールするのを待ってから、次のピストルが鳴らされる。お題の紙までは我々がトップだった。栞がうんと手を伸ばして、ホチキスで綴《と》じられた用紙を取る。私はそれにさっと目をやり、保護者席に向かって呼びかけた。

「すみません、運動靴を貸していただけませんか」

ざわめきがにわかに鎮まった。手はどこからも挙がらない。誰もが態度を決めかねて、隣の人を窺っている。嫌がらせとはまた違う、消極的な姿勢だった。

「あの、運動靴！」

お題もまた悪かった。清潔とはいえない物だから貸すのにためらいがあるし、しばらくは靴下裸足《はだし》で過ごさなければいけない。背中の栞はどんな顔をしているのだろう。見えないからよけいに心配だ。こんなことになるならやはり、母にお願いすればよかった。

「あのこれ、よろしかったらどうぞ」

見かねてキリン組の先生が、左足の靴を脱いで差し出してくれた。片足立ちが保てなくて足をつき、白い靴下が汚れてしまう。「すみません」と小声で謝った。

栞の体を揺すり上げ、急いでゴールへと走る。

私たちはダントツのビリだった。


午後は年長組の競技しかなく、二歳児以下はお昼を食べて帰ることになっていた。太陽が移動して、ますます日陰度の増したシートにお弁当を広げる。さっさと食べて、早く家に帰りたかった。

「ハートのおにぎり、ピンクで可愛いねぇ」

普段は料理についてなにも言わないくせに、栞が桜でんぶをまぶしたおにぎりを顔の前にかざし、にこりと笑う。

この子はなにをどこまで理解しているのだろう。時折すべてを見通したような目で私を見る。どうして誰も運動靴を貸してくれなかったのと、無邪気に尋ねようともしない。

きっともう、自分たちが異分子だということは分かっているのだ。それでも健気《けなげ》に振舞う娘の胸に、金紙を巻いたメダルが揺れている。

「しおちゃん、おばあちゃんにもそれよく見せて」

「うん、いいよ」

「あら、すごいねぇ。一等賞だねぇ」

売れ残りがちな煮物を黙々と食べる私の代わりに、母は自分が作ったかもしれないメダルを手放しで褒めた。

「さすが、峰子の娘だわ」

ガリッと口の中で嫌な音がした。箸を噛んでしまったのだ。

「やめてよ、そういうの」

抑えきれずに声が尖《とが》る。近くで食事をしていた家族が振り返り、目が合うと気まずそうに顔を背けた。

「なに怒ってるのよ」

「怒ってない」

「しおちゃん、がんばったのよ。褒めてなにが悪いの」

「そうじゃないけど。血筋みたいなことは言わないで」

母が唇を引き結ぶ。栞まで、おにぎりを手にしたまま肩を落とした。運動会を楽しみにしていたのに、かわいそうだ。けれども苛立《いらだ》ちは収まらない。

「栞、そのおにぎり食べるの、食べないの？」

「もういらない」

「そう。じゃあ着替えて来なさい。帰るわよ」

栞がのろのろと立ち上がる。そうやって動作を緩慢にするのが、彼女のせめてもの抵抗だ。

「早くしなさい」

小さな背中がとぼとぼと園舎に向かう。母が憐れむように私を見た。

「なによ」

「べつに」

お弁当は半分近く余ってしまった。包み直して仕舞い、砂埃《すなぼこり》が立たないよう配慮してレジャーシートを畳む。シートの裏側には細かな水滴が浮いていた。

母は不気味なほどなにも言ってこない。玄関ホールで沈黙したまま、二人で栞が出てくるのを待った。折り紙の紅葉《もみじ》や銀杏《いちょう》に彩られた壁をぼんやりと眺めつつ、時間は無益に過ぎてゆく。

「――泣いてるね」

奥の教室から子供の泣き声が聞こえてきた。栞の声だ。

なにがあったのだろうか。私の八つ当たりに傷ついたとしても、陰でこっそり泣く歳《とし》ではない。

「ちょっと見てくる」

先生のフォローが入る様子もないので、靴を脱いで上がった。普段の送り迎えでは、保護者の立ち入りは玄関ホールまでという決まりある。だが今日は保育士さんの手が足りていないのかもしれない。

泣き声がするのはウサギ組ではなく、四歳児クラスのクマ組の教室からだった。

「うるせぇな。あっち行けよ、バカ女」

廊下から覗くと、栞はまだ体操服を着たままだ。二つに結った髪が乱れて、根元が緩んでいる。悪態をついているのは、いつか栞に泥をつけた大輔くんだった。

「しおり、バカじゃないもん」

目をこすりながら言い返す栞の足元には、引きちぎられたメダルが転がっていた。金紙が破れて、ダンボールの素地が覗いている。まるで夢から覚めたような色をしていた。

「おまえの母ちゃんがバカだから、お前もバカなんだよ。バーカ、バーカ、バカ女」

ずしりと胃のあたりが重くなった。四歳の子供が「岸峰子」を知っているはずがない。おそらく家族の誰かがそう言っているのだろう。彼は覚えた言葉を意味も分からず繰り返すオウムにすぎない。

大輔くんの母親の顔を思い浮かべる。華美でも地味でもない、ほどほどに礼節をわきまえた、善良そうな人だったのに。

「栞」声をかけると、栞が涙に濡《ぬ》れた瞳をこちらに向けた。

教室に踏み入って、落ちていたメダルを拾い上げる。広げた両腕の中に、栞は素直に収まった。

「帰ろう」

着替えはもういい。ウサギ組に寄って、保育園バッグを取ってこよう。

大輔くんは、むくれてそっぽを向いていた。気まずいのだろう。そして私に怒られるのを恐れている。

机の上には小さなお弁当箱が載っていた。一人で食べていたのだろうか。母親は、日曜日に休みを取りづらい職種なのかもしれない。

「あれ、お母さん。どうされたんですか」

異変に気づいて駆けつけたクマ組の先生に会釈をして、私はその横をすり抜ける。

大輔くんには最後まで、声をかけることができなかった。

母がリビングのローテーブルに向かい、メダルの補修作業をしている。私が栞をなだめているうちに、駅前のショッピングセンターで金紙を買ってきたようだ。

泣き疲れてソファで寝てしまった栞にブランケットをかけ、私は母の正面に座った。でんぷん糊《のり》の懐かしいにおいがする。深く息をついて、両手のひらに顔を埋めた。

「大丈夫？」

そう聞かれても、強がる余裕がない。黙っていると、母が手を休めずに言った。

「シングルマザーなのよね、大輔くんち」

シャキンと裁ちバサミの音がする。それは工作用ではなく、手芸用だ。紙を切ったら切れ味が鈍くなってしまう。でも注意を促すのも億劫《おっくう》だった。

「延長保育でしおちゃんと一緒だったのよ。それで接点ができたんでしょうね。あの子、だいたいいつも最後までいるから」

「なんでそんなこと知ってるのよ」

「年寄りの情報収集力を舐《な》めないでちょうだい」

母が誇らしげに顎を反らせる。私が思っている以上に、彼女は保育園のネットワークに入り込んでいるようだ。

「で、母子家庭だからなによ」

「べつに。ただ相手の背景を知らないよりも、知っていたほうがいいかなと思っただけ」

母の指が破れた金紙を取り除く。丸く切られた二枚のダンボールの間にリボン挟み、そこをパチンとホチキスで止めた。

一人でお弁当を広げていた大輔くんのことを、安易にかわいそうだなんて思わない。それぞれの家庭に事情があるのだ。働かなければ、そのお弁当すら満足に用意してやれない。

「いいわよ、そんなもの直さなくたって」

「そんなものなんて、言わないでやって」

母が習熟した手つきで金紙を貼ってゆく。私はコンパスを使ってもなぜか円が歪むのに、この人は昔から手先が器用だ。似ていないところも、ちゃんとある。

「私、栞に陸上をやらせたくないのよ」

ずり落ちてきた眼鏡を押し上げて、母が口元を緩める。いつから老眼鏡を使用するようになったのだろう。昔は意地でもかけなかったのに。

「それは、しおちゃんが決めることなんじゃないかしら」

「ダメよ。あの子は『岸峰子』の娘なんだから」

髪の中に指を突っ込んで掻き回した。私のしたことは、すべて娘に降りかかる。私の知らないところであの子はずっと、友達に意地悪をされていたのかもしれない。

「菅原に言われたことがあるの。私がマラソンに復帰するせいで、栞が虐められたりしたらどうするんだって」

私はあのとき、なんて返したんだっけ。ああそうだ、ずるいと菅原を責めたのだ。論点をずらしたのは、どうしても走りたかったから。菅原の勝手な言い分に腹が立ったから。でも栞のことは、まともに考えていなかった。

それでなくても栞には、寂しい思いをさせているのに。北海道合宿に発つ朝は、この世の終わりが来たかというほどひどく泣かれた。保育園のことも身の回りのこともほとんど母に任せっきりで、十二月からはまた合宿で家を空ける。

菅原は正しかった。栞のためを思うなら、競技に復帰するべきではなかったのだ。それでも私は何度でも、マラソンを走りたいと言うだろう。その衝動は、自分でもどうにもできない。

「そうね」と、母が私の頭をあやすように撫でる。

「だけど、しおちゃんはあなたの娘をやめられないのよ」

私は顔を上げて、ソファの膨らみに目をやった。安らかな寝息に合わせて、タータンチェックのブランケットが上下している。

「そして私も、あなたの母親をやめられない」

栞の眠りを妨げないように、母は声を抑えていた。テーブルに置いた私の手を握って、穏やかに微笑《ほほえ》む。

「縁を切っても変わらないの。どこでも私は『岸峰子の母親』だった。しおちゃんだってそうよ。陸上と関係しようがしまいが、『岸峰子の娘』っていう肩書は一生つきまとうの」

母の手はいつも冷たい。胸に渦巻く不安の熱が、すっと吸い取られてゆく。

「だからあなたが『岸峰子』の株を上げなくちゃ。その名前を、金ピカに輝かせてみせなさい。『岸峰子に運動靴を貸した』って、自慢されるような人間になるの。そんな奇跡、あなた、マラソンでしか起こせないでしょう」

ぐっと喉の奥が鳴る。できるのだろうか。私のせいで蔑まれたり憐れまれたり敬遠されるようなことのない、そんな人生を栞にあげることが。

「放っておきなさい、『岸峰子の夫』をやめちゃった男の言うことなんか」

そう言って母は、「ふん」と鼻を鳴らした。私から手を離すと、手製のメダルの強度を、リボンを引っ張って確かめる。

「ほら、できたわよ」と、それを首にかけてくれた。

まるで水鳥が落とした羽のように、メダルは頼りないほど軽かった。

「しおちゃんが起きたら、うんと褒めてやって。あの子ママに黄色いメダルをあげるんだって、毎日かけっこの練習をしてたんだから」

そんなことは、聞いていない。まだ糊が乾ききっていないメダルは少しぶよぶよして、ほのかにニベアの香りがした。

「すごいのよね、子供って。ただ守られてるだけじゃないのよ」

私は天を仰いで瞬きをする。マラソンの神様、ごめんなさい。リオの表彰台まではと思っていたけど、どうしても涙がにじんでしまう。虹色の輪が、白い天井にいくつも浮かんだ。

「じゃあ、あの猛ダッシュは、お母さんが教えたの？」

「そうよ。速かったでしょ」

「やめてよね。せっかく『趣味は読書です』みたいな名前にしたのに」

強がりを言って、涙を飛ばす。母がくすくすと笑いだした。

「やだあなた、子供の名前つけるとき辞書を引かなかったの？」

「栞は栞でしょ。本に挟むやつ」

やれやれと肩をすくめ、母は「お米研《と》いじゃおう」と立ち上がる。分かりやすくはぐらかされた。

「ちょっと、なんなの」

「さてね。自分で調べなさい」

子供のころは「分からないことがあったら辞書を引きなさい」と、母に教えられたものだった。それを守らなかったから、笹塚コーチに言葉の間違いを指摘される今がある。

「ケチ」

手元にスマホを引き寄せた。無料の辞書サービスを呼び出して、見出し語に『栞』と打ち込む。
一、紙、布、革などで作り、書物に挟んで目印とするもの。
二、簡単な手引書。案内書。「修学旅行の――」
ここまでは予想の範囲内だ。最後の三番目の意味に、視線が吸い寄せられてゆく。
三、山道などで、木の枝などを折って道しるべとすること。また、そのもの。

多摩丘陵の落葉樹が、毛細血管のような枝先を蒼天《そうてん》に向けて突き出している。乾いた風が吹き抜けて、だだっ広い陸上競技場は少しも止まっていられないほど寒かった。

天気予報によれば、日本列島はこの冬一番の寒波に覆われているそうだ。クリスマスまであと二週間を切り、師走の気忙《きぜわ》しさに追われて走る日々である。

「はい、60秒ジョグ！」

タブレット端末を片手に笹塚コーチが声を張った。それを合図に私は徐々にスピードを落とし、乱れた呼吸を整えてゆく。

本日の練習メニューはインターバル走だ。４００メートルトラック二周半を3分で走り、間に60秒のジョグを挟む。これを八本繰り返す。スピードと、心肺機能を鍛えるためのトレーニングである。

「はい、二本目！」

笹塚コーチの掛け声で、一気にぐんと加速した。背骨の動きを意識する。フォームを変えたわけではないが、コツを掴むとストライドが大きく伸びた。

昔の走りと動画で見比べるとよく分かる。骨盤をグイグイと動かして、お尻で力強く走れている。このスピードがどの程度通用するのかを確かめたくて、二十三日に開催される山陽女子ロードレースのハーフを予定に組み込んだ。

小南監督曰《いわ》く長距離血統《スティヤー》の私は、距離の長いフルマラソンなら後半の粘りで戦える。だがもしハーフで勝てたなら、次の自信につながるだろう。

「次、三本目！」

インターバルを置こうとも、回を追うごとに疲労は積み重なってゆく。四本目、五本目、六本目、回し車の中で走るコマネズミでさえ、この反復にはなにをやっているんだろうと首を傾げることだろう。そのくらいしつこく、己を追い込んでゆく。

「七本目！」

ゼエゼエと、喉の奥で風が鳴る。キツい。でも、まだまだだ。私はもっと、強くならなきゃいけない。

北海道マラソンの金メダル獲得に続き、国内有力選手が多く出場する山陽女子ロードレースにエントリーしたことにより、マスコミがざわつきはじめている。

「岸峰子」は性懲りもなく、オリンピックを狙っているのではないかと。

でも私は会見以外の取材を受けつけていないから、報道陣は気のきいたコメントを求めて小南監督に群がった。朝の情報番組で見た監督は、マイクやレコーダーを突きつけられて、せせら笑うようにこう言った。

「なに、岸だって？　知らねぇよ俺、あいつの練習まったく見てないもの。代表入りの可能性ってあんたね、寝言は寝て言いなさいよ。今のあいつになにができるっての。そんなことより辻本だよ。十三日のクイーンズ駅伝、応援ばっちりよろしく頼むよ」

監督は、もはや私になんの期待もしていないらしい。これだけ放置されていれば、さすがに悟らずにはいられない。本人の言であらためて現実を思い知らされて、踏ん切りがついた。

もう監督には甘えない。だけど必ず見返してやる。今の私にどれほどのことができるのか、レースであきらかにしてやろうじゃないか。私には、絶望している暇などないのだ。

一方で囲み取材を受けた日本陸連の副会長は、「たとえ日本新を出しても岸を代表にはしない」と口を滑らせた。そうすると今度は、「過去にこだわって実力のある者を平等に扱わないのはいかがなものか」という擁護論が持ち上がってくるから面白い。

おそらく彼らは「岸峰子」の味方というよりも、体制側に反発したいのだろう。こんなちょっとしたことで覆るのなら、私の頑張り次第で世間は手のひらを返すかもしれないと、希望らしきものが見えてきた。

だから、強くならなければ。副会長の失言を受けて、笹塚コーチは練習計画を練り直した。狂うは来年三月の名古屋である。

「陸連の煩型《うるさがた》を黙らせるには、日本新とまではいかなくても、2時間20分台は出したいところですね」

そのためには平均して1キロを3分20秒で走らなければならない。スタートは3分25秒くらいで入り、スパートで3分15秒を出せる脚作りを目指す。自己ベストを4分近くも上回るのは、並大抵の努力じゃできない。

「不可能とは思っていませんよ」と、笹塚コーチは薄笑いを浮かべた。

「八本目！」

インターバル走のラストを告げる声がする。心臓がどくどくと脈打ち、こめかみが痛いくらいだが、あと一本なら持ちこたえられそうだ。

「フォーム、乱れてる。背骨を意識して！」

笹塚コーチは、ハンドルを握らせると性格が変わるタイプだ。いかにもそつのない運転をしそうに見えて、無駄に峠を攻めたがる。

「腕と脚の力だけで走らない！」

近頃は指導に熱が入りすぎて、声を嗄《か》らしかけている。普段大声を出さないから、喉が鍛えられていないのだろう。よせばいいのに、それでもなお声を張る。

案外泥臭い男なのだ。心の中で「ムッツリ熱血男め」と唱え、それを糧に八本目を走りきる。

「よし、もう一本！」

がくりとうな垂れそうになった。脚は重いし呼吸も苦しい。余力なんか残していない。

だがそれでも走らなきゃいけない場面なんか、マラソンにはいくらでもある。

「オニー！」

私は心の叫びをまき散らしながら、ありったけの力を振り絞った。

十二月十三日は全日本実業団女子駅伝、通称「クイーンズ駅伝」の開催日である。松島から仙台市陸上競技場まで、仙塩《せんえん》地区を縦貫する42・195キロ。十一月の予選会を勝ち抜いた十四チームとシードの八チームが鎬《しのぎ》を削る、いわば女子の頂上決戦である。

駅伝を免除されている私にはまったく関係のないレースだが、無関心ではいられない。小南監督がテレビで言っていたように、幸田生命はエース区間の「花の三区」を辻本が走る。彼女の今の走りを見ておきたい。

「あ、やだ。もうはじまってるじゃない。栞、デラキュア消していい？」

「ダメ。今ゴリキュアが変身したもん」

「これもう何回も見てるやつでしょ。お願い、ママにかけっこ見せてよ」

「ママも出る？」

「出ないよ。だってママここにいるでしょ」

マラソンや駅伝は、現地で観戦しても前を通り過ぎる一瞬しか選手にお目にかかれない。選手の走りを研究するには、映像のほうが適している。録画の予約はしてあるが、リアルタイムで見たかった。

「もうすぐご飯だから、ママに譲ってあげてよ、しおちゃん」

キッチンカウンターの向こうから母が呼びかける。食事中のデラキュアは、栞の食べる手が止まってしまうから我が家では禁止だ。チャンネル争いというもののない一人っ子は、むくれてソファに突っ伏してしまった。

これ幸いと、駅伝中継にチャンネルを合わせる。ちょうど松島丘陵越えに入ったところだ。「渚の一区」、7・0キロ。国道45号線を南下する選手の左手に松島湾が見える。

スタート直後の団子状態ではあるが、幸田生命は二番手につけていた。濃い緑に黒のラインが入った、「すいか」と揶揄《やゆ》されるユニフォーム。走者の多賀《たが》さんは、たしか営業推進部だったか。最近入った若い選手のことは、ほとんど知らない。

「ほら、しおちゃん。オムライスにお名前書いたよ。ご機嫌直して」

「ハートも描いて」

栞がソファの座面で鼻を押しつぶしたまま喋る。

「はいはい」とその要望に応えつつ、母がテレビに視線を向けた。

「これって、今年からシード制になったんだっけ」

「そう。去年の上位八チームがシードなの」

「じゃあ、なにがなんでも八位以内には入らないとね」

「小南監督の目標はそんなもんじゃないよ。秋から駅伝チーム引きつれて、ボルダーに入ってたから」

幸田生命は二〇一〇年、一一年の連覇以来、優勝からは縁遠くなっている。だから今年こそはと、王座奪還を狙っているのだろう。もともとシード権は取れて当然のチームである。

「辻本さん、来月大阪でしょ。この時期に降りちゃっていいの？」

母の心配はごもっともだ。高地トレーニングで増加した赤血球やヘモグロビンの効果がもつのは、せいぜい二、三週間と言われている。ボルダーでの特訓に何ヵ月も費やしたのに、来月末の大阪国際女子マラソンを走るころには、辻本の最大酸素摂取量は平地レベルに戻っている。それではあまりにもったいない。

「今年くらい、駅伝を免除してあげればいいのにね」

エースにそんなことは許されない。そう分かっていても母が嘆かずにいられないくらい、辻本は重責をいくつも背負いすぎていた。

彼女はまだ二十五歳だ。五年後の東京五輪でも充分走れる逸材である。もう少し長い目で見てやればいいのに、周りが結果を焦りすぎていた。もっとも辻本がプレッシャーに押し潰されてくれるなら、代表枠を争う私としては好都合なのだけど。

「うーたんだ！」

オムライスにハートマークとウサギの顔を描いてもらい、ようやく栞の機嫌が上向いた。

大喜びのわりに案外あっさり、ウサギをスプーンの背で潰して食べはじめる。私の分にまで『みねこ』とケチャップで書かれていて、なんだか頬がむず痒《がゆ》かった。

昼食を食べ終えるころには、一区のランナーはコース内に四つあるトンネルをすべて抜けて、塩竈市内に入っていた。間もなく第一中継所だ。集団はやや縦に伸び、それでも先頭と最後尾の間にまだそれほどの開きはない。

一位のブロード・エンターテインメントが、二区の選手に襷《たすき》を繋《つな》ぐ。3・9キロ、「高速の二区」。どのチームもここにスピードランナーをぶつけてくる。

幸田生命の二区は、また私のよく知らない若い子だった。彼女にいたっては、部署がどこかも思い出せない。経験不足のせいか、ブロードの選手に徐々に差をつけられている。

「ついてけ！」と、思わず拳を握っていた。

母が洗いものに立ち、退屈しはじめた栞が「ねぇねぇ」と話しかけてくる。

「この人たち、なにしてるの？」

「駅伝だよ。長い距離をリレーで走るの」

「ふぅん。楽しいの？」

そう聞かれると、返答に困る。

私は駅伝なんてちっとも好きじゃなかった。でも走らなくてもいいと言われて、疎外感を覚えたのもまた事実だ。人はなにかに属し、役立ちたいという欲求から逃れることはできないのかもしれない。

「そうかもね。ママには、マラソンのほうが向いてるけど」

「まらそん、楽しい？」

「どうだろう」私は目を伏せて苦笑した。

マラソンは、楽しくはない。苦しいこと、嫌になること、辛いことの積み重ねのほうがはるかに大きい。日々の練習の中でも、「なんでこんなことやってんだろ」と、疑問が頭をもたげることはよくあった。

じゃあ走らない「岸峰子」は、いったい何者なんだろう。

それが分からないから、やめられない。

「走らないと、私が私でなくなる気がするの」

ぽろりと零れ落ちるように呟いていた。

栞がきょとんと目を瞬く。そりゃそうだ、三歳児相手に言うことじゃない。母親がいきなり意味不明なことを言いだしたら、栞だって困惑する。

「ママは、しおりのママでしょ」

だが栞は妙に確信的な口ぶりでそう言った。「そんなことも知らないの？」と、得意げに顎を反らせる。

私の正面から、突風が吹き抜けていった。馬鹿馬鹿しいほど単純だけど、栞の言葉は私が長らく抱えてきた空洞に、パチリと嵌《は》まってしまったのだ。

それほどたしかなことは他になかった。私は栞のママで、母と亡き父の娘で、顔も覚えていない祖父母の孫だった。

「うん、そうね。そうだった」

私の中には彼らがいて、彼らの中にも私がいる。たとえ走るのをやめたとしても、私は虚しい生き物なんかじゃなかった。

「しっかりしてよね」

引退という二文字が、すとんと胸に落ちてくる。この挑戦が終わったら、考えてみようか。

どのみち東京オリンピックまでは気力がもたない。早くしないと、栞はどんどん大きくなってしまう。ここで結果を出して、第二の人生に踏み切るのだ。そうなってはじめて私は、マラソンを趣味として楽しめるようになるのかもしれない。

「本当だね。ごめんね」

栞を膝に乗せて後ろから抱きしめた。くすぐったそうな笑い声が、耳元で転がる。

「あら、仲良しね」と言いながら、母がウサギ型に切ったリンゴを運んできた。

レースは間もなく、第二中継所にさしかかろうとしている。首位はブロード、少し遅れて二位にダイヒツ。幸田生命は一つ順位を落とし、三位につけていた。

中継所で準備をしている辻本に映像が切り替わる。少し表情が硬いようだ。体が冷えないように、その場で腿《もも》を上げている。

ブロードの三区は野田みどりだった。差し出された襷を受け取ると、左腕で円を描くような独特のフォームで走りだす。続くダイヒツの木関さんは、典型的なピッチ走法だ。エース区間らしい、豪華な顔ぶれがそろっている。

辻本が声援を送りながら右腕を上げた。二区の選手が詫《わ》びるように頭を下げて襷を差し出す。それをしっかりと摑み取った。

行け、辻本。あんたならできる。

先ほどまでの、辻本の失敗を願う気持ちは吹きとんでいた。知らぬ間に、栞を抱く腕に力がこもった。

異変に気づいたのは「花の三区」10・9キロの、ちょうど中間あたりだった。

仙台平野の東端に位置する多賀城市内に入ると、画面からでも見て取れるほどコースは平坦で直線的になる。第一中継車からの視界は良好で、差の開いてきたランナーの姿も一直線に捉えられた。先頭が野田みどり、10メートルほど離れて木関さん。その後ろにぴたりとつけていた辻本が、そこでじわりと遅れだした。

眠ってしまった栞をソファに横たえて、私はテレビにかじりつく。ブランケットを取ってきた母が、「あら」と驚きの声を上げた。

バイクカメラの映像に切り替わる。お手本のように綺麗なフォームが持ち味の辻本が、左足を軽く引きずっていた。

「なに、故障？」

母がローテーブルに肘をつく。私は画面を見つめたまま「さあ」と首を傾げた。

だが辻本はたしかに脚を庇《かば》うようにして走っている。そのなめらかな頬がわずかに歪んだ。

「どうしたんでしょう、辻本。痛そうです」

「膝か脛《すね》でしょうか。あきらかに庇っていますね」

実況と解説の声を聞きながら、私は固い唾を飲む。

四位の天神屋、五位の滝水化学、辻本は次々に抜かれてゆく。

だが彼女の目は諦めていなかった。まだやれると煌《きら》めいていた。

「いや、やめとけってば」

あと一ヵ月半で大阪国際女子マラソンだ。故障を悪化させて走れなくなっては元も子もない。偏ったフォームで走り続ければ、右脚まで痛めるおそれもある。

「ちょっと、誰も止めないの？」

コーチや監督の姿は見えない。しばらく様子見と判断したのだろうか。

駅伝での棄権はそのあとの選手の出場機会を奪うことに他ならない。チームを優先したい気持ちも分からないではないが、彼女は五輪出場を嘱望されている辻本皐月だ。誰か、傍にいないのか。

「やけに熱くなってるじゃない」

母が私を横目で窺う。辻本のことでこんなにハラハラするなんて、自分でも驚いている。

「だって、納得いかないもの」

辻本が代表選考レースを走れなくなるのは、私にとっては幸運でしかない。でも彼女がこれで選手生命まで縮めてしまっては馬鹿らしいじゃないか。個よりも和を優先させようとする、この社会の同調圧力が嫌いだ。

辻本、もういい。止まってしまえ。怪我《けが》を押してまで襷を繋げましたなんて、そんな美談はくだらない。もっと自分の未来を考えろ。

日本女子マラソン界の行く末とか、企業イメージとか、日本の誇りとか夢とか希望とか、重たいだけで腹の足しにもならないものは全部捨てればいい。あいつらにはどうせすぐに、次のスターが現れる。でもあんたの人生は、そのずっとあとまで続くんだ。

だが辻本は止まらない。七北田《ななきた》川に架かる福田大橋を渡りきるころには、左足を完全に引きずっていた。すでに最下位に沈んでおり、ここから逆転できる見込みもない。それなのに、辻本はなにかに取り憑《つ》かれたように先へと進んだ。

沿道から「つじもとー！」と、若い男の声がする。

やめろ。安っぽい感動欲しさに彼女を煽《あお》るな。そいつは腹立たしいほど鈍感で、純粋なんだ。

別の中継所にいたのだろうか、小南監督がようやく姿を現した。コースに出て、歩くのと同じスピードで辻本に追いつく。

監督がなにか話しかけている。だが辻本は首を振る。

残りはあと3キロ程度だろう。まさかこのまま行かせるつもりか。

「嫌がってるわね」

母が悲痛な面持ちで呟いた。この人にも故障で引退に追い込まれた過去がある。決して他人事《ひとごと》ではないのだ。

祈るような気持ちで画面を見つめた。使命感で雁字《がんじ》搦《がら》めの辻本は、自分からやめるとは言わないだろう。だが監督がその体に触れれば、チームとして棄権の意思を表明することができる。

小南監督、辻本を楽にしてやって。私を失望させないで。

身振りから、辻本が続行を主張していることは見て取れた。

監督が諦めたように天を仰ぐ。その手がねぎらうように、彼女の肩に乗せられた。

ようやく辻本の足が止まる。よろける彼女を監督が支え、タオルを広げたスタッフが駆け寄った。

辻本がなにか言っている。監督はそれに頷き返す。

幸田生命は失格扱いとなり、翌年のシード権を失った。

白い吐息が細かな粒子に分かれて散らばり、夕闇の中に吸い込まれてゆく。そのはかない温《ぬく》もりを、手を伸ばして追いかけた。星の瞬きは冷たくて、夜半には雪になるかもしれない。

ジョギングをしていると、とろみの少ない鼻水が流れてくる。私は手袋をした手で鼻をこすった。

「岸さん、メリークリスマス！」

背後から追いかけてきた足音に肩を落とす。レポーターになっても通用しそうな、よく通る声だ。

「冷えるわねぇ。我慢できなくて、そこのお店で蕎麦《そば》すすってたの。危うく置いて行かれるところだったわ」

山本百合子が平然と私の横につけてくる。ジョギングウェアは中綿入りの真冬用だ。

この人が待ち伏せしていると分かっていれば、走るルートを変えたのに。過去の恨み節を聞かせてやって、二度とまとわりついてくることはあるまいと思っていたから、すっかり油断していた。

「大変ね、クリスマスイブにまで練習なんて」

「そちらこそ、こんな日にストーキングなんて酔狂ですね」

この程度の厭味《いやみ》で動じる女ではない。山本百合子の辞書からは、「恥」という項目がすっぽりと抜け落ちているのだと思う。

どうしてそこまでして私を記事にしたいのだろう。すでにけっこうな時間と労力、それからウェアのためにお金まで費やしている。だがこの取材が実を結んだところで、彼女の得るものはあまりにも少ない。

「だって昨日レースを走ったばかりよ。オーバーワークぎみなんじゃない？」

「そのへんはちゃんと考えられてますので、ご心配なく」

山陽女子ロードレースを終えて、昨日のうちに東京に戻ってきた。どちらかといえば今日の練習は、その疲れを取るためのものである。

「着実に近づいてるわね。おめでとう」

省略された目的語は、「リオに」だろうか。昨日のレース、結果は1時間10分17秒で、めでたく優勝。ハーフを制したのは、はじめてのことだった。

「明後日からは徳之島でしょ。いいわね、暖かそうで」

「なんで知ってるんですか」

「あ、本当なのね。私だって手ぶらで来るほど暇じゃないのよ」

しまった、カマをかけられた。噂《うわさ》程度の情報の、裏を取りに来たというわけだ。これだからこの人には気が許せない。

「名古屋まで、もう帰って来ないの？」

その予定だが、これ以上下手なことは言わないように口をつぐむ。どうせ山本百合子は放っておいても一人で喋る。

「辻本さんも名古屋にシフトすることになったし、盛り上がりそうね。世紀の因縁対決、なんちゃって」

一般家庭とは思えないほど、イルミネーションに凝った民家が見えてくる。このあたりの名物になっているのか、通行人が立ち止まって携帯カメラを向けていた。まるでおとぎの国に紛れ込んでしまったみたいに幻想的だ。

「なにあれ、すごい」

山本百合子が首をひねり、はしゃいだ声を上げた。

「ねぇねぇ、岸さんは娘さんのプレゼント、なににした？　ウチは男の子だから――」

「娘の話はやめてください」

「怒らないでよ。母親同士のありふれた会話じゃない」

少なくとも私たちは、「ありふれた」母親同士ではない。私はともかく、栞のことまで面白おかしく書きたてられてはたまらない。

山本百合子の自分語りによれば、彼女の息子は二歳らしい。認可保育園の入園時期に合わせて生後七ヵ月で預け、職場復帰を果たしたという。「せめて一歳まで一緒にいてやれよ」と夫に文句を言われたというくだりでは、うかつにも彼女に共感してしまった。

「次に会うのは、名古屋かしら。そのころには暖かくなってるわね」

そう言いながら、左脇腹を押さえている。痛むのだろうか。ものを食べた直後に走るからだ。人体はそういうふうにできていると、五時間目の体育で学ばなかったのか。

「ぜったいに優勝してね、岸さん」

「なんですか、いきなり」

「だってそのほうが劇的だもの。あなたのことは『週刊東西』の企画じゃなくて、一冊の本にまとめるつもりよ」

「お断りします」

自転車にベルを鳴らされて、山本百合子が後ろに下がった。彼女はいつの間に私の本を書く気になったのだろう。しかも、当人の了承もなく。

「あのね、私あれから考えたんだけど」

山本百合子が背後から話しかけてくる。聞き取りづらくて、わずかにペースを緩めた。

「あれはやっぱり、あなたが馬鹿だったわよ」

なんの話だ。すでに隣に並ぶ余力がないのか、山本百合子はそのまま喋り続ける。

「だってどう考えても、あらゆるタイミングの中で一番最悪な時期に妊娠してるんだもの。さすがにフォローのしようがないでしょ」

ああ、「時期を考えろ」の話だ。この人は私に指摘されてからずっと、そのことを考えていたというのか。

「だけど、私たちもあなたを感情的に追い詰めすぎた。ごめんなさい」

今さら謝られても困る。あれは集団ヒステリーのようなものだった。ネットを介して爆発的に広まって、けれども元をただせばやっぱり私が悪いのだ。そんなことは、最初から分かっている。

「きゃっ」と叫んで山本百合子が背中にぶつかってきた。私が足を止めたせいだ。

「帰ってください」

前を向いたままで、そう言った。

「こんなところにいないで、早く帰って。クリスマスなんだから」

二歳の男の子が待っているのに、山本百合子はわざわざ、私にこれを伝えに来たのだ。徳之島の合宿に入ってしまったら、名古屋まではもう会えない。だからって、なにもこんな日に来なくてもいいだろう。馬鹿はお互い様じゃないか。

耳の後ろに視線を感じる。山本百合子が呼吸を整えている。

「だって私は、売文屋だから」

やがて彼女は、吹っ切れたようにそう言った。振り返った私に向かって、右手の親指を突き立てる。

「ぜったいに、リオに行ってね。応援してる」

この人は、こんなにいい顔で笑えたのか。記者としての小狡《こずる》い作り笑いじゃない、胸の底から湧き上がる生の衝動を見せつけられた。

「どうも」と、私は呆気《あっけ》に取られたまま頷く。

山本百合子の目が「書きたいのよ」と訴えるから、妙な連帯感が芽生えてしまいそうになった。


自宅マンションの周辺はたらたらとした上り坂になっており、ジョギングの最後にいい刺激が脚に入る。お腹が空いた。今ごろキッチンでは、母がチキンを焼いているはずだ。

娘へのプレゼントは、デラキュアの変身アイテムのコンパクト。私は食べられないが、ケーキはあまおうイチゴがたっぷり載ったものを予約しておいた。来年こそは思う存分食べてやる。先のことはまだなにも想像できないけれど、それだけは決定事項だ。

山本百合子は案の定、お腹が痛いと言ってタクシーで帰って行った。ケンタッキーを買って帰らなきゃと呟いていたが、まだ食べるつもりなのだろうか。彼女が息子のプレゼントになにを用意したのか、そのくらいは聞いておけばよかった。

マンションの外壁に沿って曲がり角を曲がる。明るいエントランスが見えて、足を止めた。今夜はなんだか、待ち伏せされ運のようなものが急上昇しているようだ。

オートロックの前で立ち往生していた人影が、こちらに気づいて頭を下げる。小学校の高学年と言っても通じるほどの、華奢《きゃしゃ》なシルエットをしている。

「なにやってんの、こんなところで」

声をかけると辻本は、泣き笑いの表情を浮かべた。

「いきなり来ちゃってすみません」

「なんでウチを知ってるの」

「監督に教えてもらって、あとはスマホのアプリで」

なにやってんだよ、小南監督。と、心の中で毒づいた。そういうものは個人情報ではないのか。

「電話しようかと思ったんすけど、直接来たほうが会えるかなと思って」

その判断は正しい。電話で会いたいと言われても、私は応じなかっただろう。

「だからって、なにもクリスマスイブに来なくたって」

「あ、そっか」

言われてはじめて気がついたのか、辻本は目を見開いた。

「すみません。クリスマスとか、やったことないから分かんなくて」

「まったくないの？」

「言ってませんでしたっけ。ウチの親、けっこうなクズなんすよ」

聞いていない。そしてへらへら笑いながら人に言うことでもない。

「いつからいるのよ」

「さっきです。でも私、うっかり部屋番号聞き忘れちゃって。あの、山陽女子の優勝おめでとうございます」

「そんなこと言うために待ってたわけ？」

手を伸ばして辻本のパーカーの肩に触れた。表面がすっかり冷えきっている。

「行くよ」とだけ言って、先に立って歩きだした。

駅前通りに出ればカフェがある。家に通す気にはなれないが、追い返すこともできなかった。

「シンスプリントだって？」

辻本が脚を痛めていたことを思い出し、歩調を緩めた。シンスプリントは脛の骨膜に起こる炎症である。

「お恥ずかしながら。故障がないのだけが取り柄だったんすけどね」

辻本のように綺麗なフォームで走っていれば、故障と縁遠かったのも頷ける。ジーンズを穿《は》いているから分からないが、左脚はサポーターで固められているのだろう。

「シンスプリントの原因は、硬くなった筋肉だってよ」

楢山院長に教わった知識を披露した。一般的に使いすぎが原因と言われている故障だが、実際は脛の周りの筋肉が硬くなり、骨膜を引っ張るから起こるのだという。

「ストレス溜《た》まってたんじゃないの？」

過度なプレッシャーを受け続けると、筋肉は常に緊張した状態になってしまう。クイーンズ駅伝で見せた、辻本の妄信的とも言える頑張りが気になっていた。

適当なカフェを見つけてドアを引く。座席は八割がた女性で埋まっており、ジョギングウェアにリュックを背負った私はあきらかに浮いていた。

「ホットミルク」

「じゃあ、私も」

窓辺の席に案内してくれた店員さんに注文する。他に飲めそうなものはなかった。ハーブティーが充実しているが、成分の分からないものを口にするのは避けたい。お互いに、不自由な身の上である。

「たしかに、ストレスかもしんないです」

テーブルの上にカップが二つ置かれてから、辻本がぽつりと呟いた。あまりに大人しいので、このまま黙っているつもりなら、ホットミルクだけ飲んで帰ろうと考えていたところだった。

店内の客が数人、こちらを気にしている気配がある。私には帽子と眼鏡があるが、辻本は顔をさらしたままだ。声を落とすように促した。

「最近走ってても、ちっとも楽しくなかったんすよ」

辻本がマグカップを両手で包み、密度の濃い睫毛《まつげ》を伏せる。かつて「練習好きなんす」と言った潑剌《はつらつ》さは、微塵《みじん》もなかった。

「しかもこの故障じゃないすか。なんかもう、申し訳なくって」

誰に？　チームメイトに、陸連に、応援してくれた皆さんに？　そして小南監督は、辻本を故障させたかどで、またもや管理責任を問われている。陸連と、そして世間様から。

厚みのあるカップを口に運んだ。店員の配慮なのか、表面にホットミルク特有の膜が張っていない。あれの成分はミルクカゼインというたんぱく質だ。余計なことをするものだと思いつつ、ひと口すする。

「なんで、私にそんなことを言いに来たの？」

これは厭味ではなく、純粋な疑問だった。彼女の傍には小南監督をはじめ、気のいいチームメイトやスタッフがいる。同じレースを戦おうという相手に、わざわざ弱みを見せに来ることはない。

「すみません。なんか先輩と走ってたころは、楽しかったなぁと思って」

いつから辻本はこんなふうに、「すみません」を連発する子になったのだろう。眼球が落ち着きなく動いていて、まるでなにかに急《せ》かされているみたいだ。

「先輩って、泥臭いじゃないすか。それ見てたら、私もいっちょやったろかって気分になれて――」

「あんたそれ、褒めてんの？」

「すみません」

私は帽子の上から頭を掻いた。この女は傲慢で、それに気づかないほど鈍感だったからこそ強かった。それなのに銅メダルを手にしてからというもの、周りから余計なことばかり吹き込まれてきたのだろう。単純だから、それをいちいち真に受けてしまったのだ。

「治療はどこに通ってるの？」

尋ねると、辻本は私がランナー膝の治療で通っていたことのある鍼灸院の名前を出した。

「そう、あそこなら心配ない。きっちり治して三月までに仕上げられるよ」

腕時計に目をやった。間もなく八時だ。栞が待ちくたびれてしまう。

「あとは名古屋で会いましょう。私から言えるのは、それだけ」

辻本は唇を嚙み締めてから、ホットミルクを一気に呷《あお》った。パーカーのポケットをまさぐって、立ち上がる。

「お忙しいところ、すいませんっした」

でたらめに小銭を摑み、頭を下げてテーブルに置いた。がさつなのは相変わらずだ。六百二十五円と、握りつぶした痕のあるレシート。でもホットミルクは四百円だった。

余分を返そうと指先で摘み上げ、はっとした。レシートと思われたものは、我が家の住所のメモだった。

「つじ――ちょっと！」

危うく名前で呼びそうになり、言い直す。出口に向かいかけていた辻本が、申し訳程度に振り返った。

オートロックの前で所在なく突っ立っていた、彼女の姿が思い浮かぶ。メモには小南監督の丸っこい字で、まぎれもなく部屋番号まで書かれていた。

「名古屋、楽しみにしてなよ。久しぶりに私と走るんだからさ」

他になにが言えただろう。私と辻本に、共通するものはそれしかない。目の前に立ちはだかる壁は、走ることでしか越えられないのだ。

辻本がぼんやりと私を見つめる。その瞳がしだいに見開かれ、瞬く星が宿りはじめる。彼女は声を出さずに頷いた。ポニーテールだけが、かつてのように弾んでいた。


合宿先の徳之島で、クジラを見た。

鹿児島空港でプロペラ機に乗り継ぎ、羽田からは約三時間。奄美群島に属する徳之島は気候が温暖で、シドニー五輪を走った金メダリストの合宿地だったことで知られている。北部の周回コースには彼女の名前がつけられていて、私は頻繁にそこを走った。メダリストの脚を鍛えたアップダウンの激しい道は、ときに空まで続いていきそうに見えて気持ちがよかった。

島の西側は断崖絶壁の岩肌に覆われて、東側には一転してなだらかな白いビーチが横たわる。元日のその朝、私たちは島の東端に位置する神之嶺崎《かんにんざき》に立っていた。足元に打ち寄せる波がさらさらと、砂粒を巻き上げては戻ってゆく。東京に比べると、徳之島の日の出は三十分近く遅いそうだ。眺めているうちにじわじわと、水平線が赤く染まってきた。

「見て、お日さまが出てきたよ」

貝殻を拾って遊んでいる栞と美喜《みき》ちゃんに声をかける。美喜ちゃんは楢山院長の娘さんだ。長期滞在になるのでお正月くらいはと、家族を呼び寄せることにしたのである。

「わぁ。見てごらん、きれいよ」

自分のほうが年上だから、栞はやけにお姉さんぶっている。美喜ちゃんは両腕を広げて鸚鵡《おうむ》返《がえ》しに、「きれいー」と声を上げた。

「き、れ、いー」

「きれれれいー」

「きらきらきらー」

「きれきれきれいー」

海に向かって叫ぶ二人の、砂浜に伸びる影は大人よりもずっと短くて、ずっと濃い。輪郭を蕩《とろ》かしながらゆっくりと姿を見せる太陽に、じわりと体が温められる。世界に光が満ちてゆく。

笹塚コーチが沖に向かって柏手《かしわで》を打った。願い事は聞かなくても分かる。私もその隣に並んで、手を打ち合わせた。

「ねぇ、あれクジラじゃない？」

それをいち早く見つけたのは、楢山院長の奥さんだった。

彼女の指さす先に目を凝らす。半分ほど姿を現した太陽の真ん中に、黒い影が走った気がした。

ふいに錨《いかり》を逆さにしたようなシルエットがぽかりと浮かび、海面に叩きつけられる。ふしゅっと音を立てて、潮が中空に吹き上がった。

「本当だ。すごい！」

浜辺が少しばかり騒がしくても、クジラは逃げて行かなかった。巨大な波のうねりのように、ゆったりと泳ぐ。

「チビもいるぞ。クジラの赤ちゃんだ」

「どこぉ。見えない」

楢山院長が美喜ちゃんの催促に応えて肩車をする。二匹のクジラはこの親子くらい体格差があり、赤ちゃんは波の間に見え隠れしている。それでもお母さんクジラがぴったりと寄り添っているから、見失うことはなかった。

「しおりも、しおりも」

栞が肩車をせがんでくる。抱っこでもすでに重いのに、それはもはや苦行である。

「じゃあ、私が」

そう言って笹塚コーチがいとも簡単に栞を抱き上げ、肩に乗せた。栞が「わぁ」と歓声を上げる。赤ちゃんクジラを見つけたようだ。

「すみません、重いでしょう」

「大丈夫ですよ」

波間を見つめるコーチの横顔は柔らかい。この人もまた、変わりつつあるのだろうか。

私と楢山院長は一家団欒《だんらん》を楽しんでいるのに、コーチは奥さんを呼び寄せていない。それが少し、気にかかっていた。

「わ、飛んだ！」

大きな背中が見えなくなったかと思うと、母クジラがその身を空中に躍らせた。胸びれを閃《ひらめ》かせ、高跳びのように背中を反らせる。盛大に水しぶきが立った。

「きっと飛躍の一年になりますね」

コーチの口調は相手が三歳児でも崩れない。「ひやくって？」と栞に上から顔を覗き込まれ、真面目《まじめ》に説明しているのが可笑しかった。

「いよいよね」と、母が隣に並んできた。

朝日を頰に受け、その目は大海原の先を見つめている。

私は「そうね」と頷いた。

二〇一六年。オリンピックイヤーの幕開けだった。

四　見失っていた光

二〇一六年、三月十一日。

本番レースを二日後に控え、ナゴヤドーム内の会見場は一種異様な空気に包まれていた。ステージに用意された雛壇《ひなだん》の、背後のスクリーンに選手の顔が大写しになっている。そこに並ぶのは左から辻本、ダイヒツの木関さん、マラソンは初挑戦だというタヤマ電機の山田《やまだ》さん、それから私、ウクライナのダヌーシュミルコ、エチオピアのグラナという面々だ。

六人のうち四人がロンドン五輪経験者で、しかもグラナは金メダリストである。豪華メンバーには違いないが、それにしても報道陣の数が多すぎる。

記者席の三列目に山本百合子が座っていた。目が合うと、膝の上で小さく手を振ってよこす。招待選手の記者会見では普段見ない、週刊誌系の記者が多く来ているのである。

山本百合子には今朝、選手村となっているホテルのロビーで捕まった。60分ジョグから戻って来たところに、「盛り上がってるわね」と声をかけられた。

「おかげさまで」と、こちらは苦笑いするしかない。先週の「週刊東西」には『妊娠騒動の岸峰子か、陸上界のアイドル辻本皐月か。五輪代表権は誰の手に』という見出しが躍っていた。

「ヒロインとヒール《悪玉》の色分けがこんなにもはっきりしてるなんて、そうそうないわよ。話題になるはずよね」

山本百合子には悪びれた様子もない。会うのはクリスマスイブの夜以来で、そのふてぶてしさが不思議と懐かしかった。

記者席の後ろでは小南監督が、笹塚コーチと肩を寄せ合うようにして話し込んでいる。

「週刊東西」の記事によると、監督は私と辻本の力量を聞かれてこう答えていた。

「いや、勝負にならんでしょうよ。岸にはせいぜい、辻本のペースメーカーにでもなってもらいましょうか」

ロンドン五輪の前とは逆に、今度は私が辻本の影《ゴースト》だと言いたいのか。馬鹿にしている。マラソンに真剣に取り組む人間を、ここまで虚仮《こけ》にできる人だとは思わなかった。たとえその相手が過去に煮え湯を飲まされた、「岸峰子」だったにしてもだ。

今もこうやって監督は、コーチから私の仕上がりを聞き出そうとしているのだろうか。あの人はターゲットに愛嬌《あいきょう》を振りまいて、必要な情報を引き出すのがとても上手《うま》い。でもそっちこそ、辻本の脛《すね》はもういいのか。

折しも居並ぶ記者の一人が、辻本に脚の具合を尋ねている。

辻本はマイクを取り上げて、「はい、もうすっかり大丈夫です」と、爽やかな笑顔を浮かべた。

当然だ。私だって少しくらい違和感が残っていても、教えない。マラソンのキモは駆け引きである。辛《つら》いと悟られないように、表情一つにも気を遣う。弱点を教えて得なことはなにもない。

名古屋に入ってから辻本と挨拶程度の会話はしたが、どちらからもイブの夜については触れなかった。プレッシャーの中でもがいていた彼女がその後どうやって持ち直したのか、あるいは持ち直さなかったのか、私は知らない。ただ親をクズだと言った辻本の家庭環境に関しては、母がやけに詳しかった。

辻本は物心つく前に母親に蒸発され、父親と二人で暮らしていた。その父親ともなにがあったのか、小学校を卒業すると同時に中高一貫の掛川女学園の寮に入っている。まるでなにかから逃げるように、なにかに追いつこうとするように、彼女は陸上競技にのめり込んだ。

ネットと関連書籍からの情報だというから、裏を取ったわけではない。だがこれだけは言える。辻本は、走るだけで満たされる人間だった。目標や他人の評価がなくても彼女は走れた。

メダルなんて彼女にとってはただの付属物だったから、軽々しく私に見せに来たりもしたのだろう。それをなにがなんでも取ってこいと、期待されるのは人一倍辛いことだったに違いない。

別の記者が起立して、引き続き辻本に質問を投げる。

「幸田生命の先輩である岸選手とは初対決ですが、それについて意気込みのようなものはありますか」

「先輩にはいろんなことを教えてもらってばかりなので、今回も胸を借りるつもりで走ります」

以前はこういう模範的な回答を聞くたびに、見下されたような気がしたものだ。でも彼女に悪意はない。たぶん辻本は、自己評価が極端に低いのだ。

「岸さんはいかがですか。辻本さんと走ることに、なにか抵抗は?」

辻本には意気込みと聞いて、私には抵抗と尋ねる。この記者がどういうふうに記事を組み立てたいかがよく分かる。

マイクをゆっくりと手に取った。スクリーンには今、私の美しくもない顔がアップになっていることだろう。愛想笑いは得意じゃない。

「辻本さんだけでなくみなさん強い方ばかりなので、自分の精一杯を出し切るだけです」

この場で私と辻本にばかり質問が集まる事態は異常だ。全体に目を向けさせようとしたが、男性記者は気づかない。

「代表に選出しないとまで言われていますが」

「それでも最後まで、リオへの道を求めて走るのみです」

プレス席がざわめいた。私がリオ五輪への意欲を公にしたのは、はじめてだった。

一月に開催された大阪国際女子マラソンでは、大滝製薬の江藤さんが2時間22分05秒というタイムで優勝していた。リオ五輪の代表残り二枠は江藤、辻本で決まりだろうという大方の予想に、真っ向から挑戦状をたたきつけたようなものである。

ぱらぱらと報道陣から手が挙がった。司会者に指名されたのは、大会解説者の有本《ありもと》さんだ。

「グラナさんとダヌーシュミルコさんに質問です」と、この偏った流れを変えてくれた。

日本の実業団に所属していたことのあるグラナが、簡単な日本語を交えて意気込みを語る。ロンドン五輪以降の彼女は、記録にいまいち華がない。とはいえ絶対に侮れない相手である。

もう一人のダヌーシュミルコはロンドン五輪、五位入賞者だ。三十三歳にして九歳になる娘さんがいる。日本人ランナーが二十四歳で出産しようものなら、あらゆる方面からバッシングがくるだろうに、海外ランナーは二十代前半で産んでから競技に復帰するのが主流である。

彼女はモチベーションの高さの理由を尋ねられて、「娘に誇れる自分でいたいから」と答えた。

最後に雛壇が片づけられて、選手全員が舞台中央に寄り集まる。それぞれが右腕を放射線状に差し出したところで、カメラのストロボが激しく焚《た》かれた。


ボロネーゼ、明太子クリーム、カルボナーラ、バジルとトマト、きのこのバター醤油《しょうゆ》。次々とパスタの大皿が運ばれてくる。どれも自家製の生パスタで、食欲をそそる香りと湯気に鼻先がほんわりと蒸らされた。

問題はテーブルについている人数が、私と笹塚コーチのみという点だ。おかげでウエイトレスからは何度も注文を確認され、今も遠巻きに観察されている。

レース前夜の、午後七時。食事は一昨日から炭水化物を中心とするカーボローディングに切り替えている。普段より多めというレベルではなく、炭水化物を大量に平らげる。こうしてエネルギーの源であるグリコーゲンを、たっぷりと筋肉に蓄えておくのである。

「さあ、思う存分召し上がってください」

笹塚コーチに促され、私は取り皿を無視してカルボナーラの皿を引き寄せた。

楢山院長は三日連続の炭水化物祭りに音を上げて、一人で手羽先を食べに出てしまった。

彼がいればいいカモフラージュになっただろうに、細身の笹塚コーチとの二人づれでは、自分が大食いチャンピオンにでもなったような気分である。

「お母さんと栞ちゃんは、どうなさっているんですか」

笹塚コーチが小皿に自分の分を少しずつ取り分けて、残りを私のほうに押しやった。

母と娘は昼過ぎの新幹線で名古屋に到着している。でも公共の場では接触はしないと決めていた。

なにしろ栞は岸峰子の娘である。三流誌であれマスコミなら、まさか三歳児の素顔をすっぱ抜いたりしないだろうが、恐ろしいのは一般人だ。私といるところを撮られてSNSにアップされでもしたら、たまったものじゃない。宿泊も別のホテルにして、午後遅くにこちらから赴いた。神経質すぎるかもしれないが、用心するに越したことはない。

「夕飯は、ひつまぶしの店に行くって言ってました」

「ああ、だったらお勧めがあったんですけどね」

そう言って笹塚コーチは、四年前に小南監督が連れて行ってくれたお店の名前を口にした。私と監督が強固な信頼関係で結び合わされていた、あのころの記憶がよみがえる。

監督はもう、私に目を向けることはない。信頼とは不可逆的なもので、たとえ綻びを繕えたとしても、すでに元のままではないのだ。ならばせめて、監督がいなくてもここまでやれるというところを、彼に見せつけてやりたかった。

「どうかしましたか」

「いいえ。明日は絶対、勝ちたいと思って」

辻本にと、名指しで言いそうになるのを飲み込んだ。私はけっきょく、あの子を追ってここまで来たのだ。この四年間、たしかに私は彼女の影だったと言えるのかもしれない。

「ええ。やれることはすべてやりました」

「たった一年でね」と、苦笑する。

「あなたの専属コーチに指名されたときは、悪い冗談としか思えませんでしたけど」

一年前の今ごろは、もう一度小南監督の指導を受けられると舞い上がっていた。きっと監督以外の誰が来ても、私は反発を覚えただろう。笹塚コーチにとっては、やっかい極まりない仕事だったに違いない。

「どうしてコーチは、私の指導を引き受けてくれたんですか」

今さらだが、聞いておきたかった。上から押しつけられたにしては、コーチの指導には熱意があった。母に直談判《じかだんぱん》をしに行ったときもそうだ。この人が間に入らなければ、栞は今もまだおばあちゃんに会えていないだろう。

「東京マラソンの、最後の追い上げを見てしまったからですよ」

思いもよらぬコーチの言葉に、パスタを吹き出しそうになった。水のグラスに手を伸ばし、どうにか飲み下してから顔を上げる。

「あそこにいたんですか」

「いましたよ。依頼を断る前に、『岸峰子』の今の走りを見ておこうと思って」

たとえ目標タイムを達成できても、コーチには私を引き受ける意思はなかったようだ。それでも「岸峰子」はどこまでやれるのかと興味が湧いて、東京ビッグサイトの辺りに陣取っていた。するとそこにはエチオピア人選手を追い抜こうと、必死になっている私がいたわけだ。

「前のランナーを見たとたん、スイッチが入ったでしょう？　入賞がかかっているわけでもないのに、なにがなんでも追い抜いてやるという気迫がすごかった。私は思わず『行け、岸！』と叫んでいて、そのときに決めたんですよ」

「それだけで？」

あの闘争本能を丸出しにしたみっともない走りがきっかけで、コーチはこの一年を私にくれたというのか。盆暮れ正月も実家に帰れず、きっと奥さんとの時間もあまり取れなかっただろう。犠牲にしたものは少なくなかったはずだ。

「知らないんですか。感動は人を動かすんですよ」

コーチはフォークを操る手を止めもせず、さらりとそんなことを言う。この人も充分ウエットだ。私はその左手に視線を落とし、「でも」と呟《つぶや》いた。

「指輪が、ないじゃないですか」

それがコーチの左手の薬指から消えていることには、先月からすでに気づいていた。合宿先のホテルで差し向かいに朝食を取っていてふと、なにかが足りないと感じたのだ。昨日まであったはずのものが、ない。それが指輪だと勘づくまで、時間はあまりかからなかった。

「ああ」

笹塚コーチはまるで忘れていたかのように、自分の薬指をそっと撫《な》でる。

「なくしたんですよ、徳之島で」

「なくした？」

ほっと肩の力が抜けた。私の早とちりだったようだ。

「よかった。てっきり離婚でも成立したかと思いましたよ」

私の指導にかまけたせいで家庭崩壊したんだったらどうしようと、ひそかに気を揉《も》んでいた。そのくらい笹塚コーチは家庭を顧みていないように見えたのだ。電話はよく鳴っていたが、コーチは着信音を聞くといつも億劫《おっくう》そうに席を外した。

「離婚もなにも、私は独身ですからね」

「えっ？」

「今だから言いますが、未婚です。バツもついておりません」

「嘘《うそ》でしょ」

じゃあどうして、思わせぶりなところに指輪なんかつけていたのだ。奥さんの話題を振ったことも何度かあった。そのときだって、あたかもいるような素振りを見せていたではないか。

椅子の背に預けたコートから、着信音が聞こえてくる。ポケットをまさぐりながら、コーチは平然とこう言った。

「あなたがまた、男性関係で失敗してはいけないので」

「そんな。私、そこまで見境なくはありません」

「ええ、私もそう言ったんですがね」

いつもなら着信があるとすぐさま「失礼します」と席を立つコーチが、脚を組んでスマホの画面を見つめていた。そのまま通話ボタンを押す。

「なにしろ、心配性の『お父さん』がいるもので」

スマホが差し出された。戸惑いながら受け取ると、小南監督からである。

「もしもし、笹塚くん。岸の調子はどうだ、リラックスできているか。スパゲティはたらふく食わせただろうな」

耳に当てる前から急き込んで尋ねる声が聞こえてきた。啞然《あぜん》として声も出せずにいると、さらに畳み掛けてくる。

「おい、聞いとるか？　あとな、あいつは緊張すると朝飯が入らんとか言いだすから、餅でもなんでも、無理矢理詰め込んでやってくれ。スペシャルドリンクはなにを用意するんだ。前と同じか、それとも——」

どう答えていいのか分からずに、私は困惑の目をコーチに向ける。

声が丸聞こえだったのか、コーチは「やれやれ」と言いたげに肩をすくめた。

レース前のウォーミングアップのときは、音楽は聴かない。その代わり、体の声に耳を澄ませることにしている。

短めの距離を全力の七割程度のスピードで走るウィンドスプリントを三本、インターバルを入れながら走り、「よし」とたしかな手応えを覚えた。脚の疲れは抜けすぎておらず、適度に重い。血液の巡りもいいし、各部位の筋肉はみっちりと充実している。

調整は成功だと思う。この体なら42・195キロを存分に戦える。

天気は快晴、気温は十三度、湿度は三十九パーセント。無風である。アームウォーマーも手袋も必要ないと判断した。だがサングラスは必須だろう。予報では日中の気温は二十度に達するそうだ。日向ぼっこには最適だが、マラソンを走るにはやや高い。

どちらかといえば、暑いレースは得意である。だが問題はタイムだった。

私の場合は、スタミナとスピードのつり合いが取れるのはせいぜい十五度まで。それ以上になると、どうしてもタイムが落ちてしまう。そんな条件下で、日本陸連が設定した2

時間22分30秒を大きく上回って優勝する必要があるのだ。

目標は2時間20分30秒。これだけのタイムが出せれば、私の代表入りを快く思わない輩《やから》も口をつぐまざるを得ないだろう。

無謀な挑戦かもしれない。スタミナがもたなくて、後半で脚が動かなくなる可能性もある。だが私にとって、このレースはリオに繋《つな》がらなければ意味がないのだ。他のなによりも、栞のために、「岸峰子」の株を上げなければ。

今回のコースは二度試走したが、四年前とほぼ同じだった。勝負どころはやはり、34キロ付近の上り坂になるだろう。栞を連れてそこで待機していてほしいと、母にお願いしておいた。スパートを仕掛ける前に娘の顔が見られれば、それが天然のドーピング剤になる。

招待選手のウォーミングアップのために、スタートから300メートルまでの直線が開放されていた。沿道には本番前の選手たちを見ようと、早くも観客が集まりはじめている。

その中にまぎれていた小南監督と、ふとした拍子に目が合った。

監督はばつの悪さを隠しもせず、ふいっと顔を背けてしまう。隣にいた笹塚コーチが、私と監督を見比べて口元を軽く歪《ゆが》めた。

昨夜の電話の衝撃が、一夜明けてもまだ尾を引いている。監督は電話の相手が私と分かると、「それならそうと早く言え」と怒って切ってしまった。

「ね、口うるさいでしょ。この一年、ほぼ毎日こんな感じですよ」

コーチのスマホが頻繁に鳴っていたのは、どうやら小南監督のせいだったらしい。一日に一度、ひどいときには二度三度、「岸はどうだ」と私の状態を確認していたそうだ。

私はただただ混乱した。熱くなってきたこめかみを揉み、ぽつりと呟いた。

「私は監督に、見捨てられたわけじゃなかったんですか」

「そりゃそうでしょう」と、笹塚コーチが呆れたように鼻を鳴らす。

「考えてもみてくださいよ、あなたに専属コーチをつけるコストを」

おっしゃるとおりだった。私はチームに三人しかいないコーチのうちの、一人を独占していたのである。それは破格の好待遇に違いなかった。

「陸上部への復帰にしても、案外簡単だったと思いませんでしたか？」

「簡単、だったんでしょうか」

言われてみれば、会社がよくそんなことを認めたものだ。だがそれは、監督が上手く立ち回ってくれたからだと思っていた。

「そもそもあなたは最初から、休部扱いだったんですよ」

なんだか目の前がちかちかした。そんなことは、聞いていない。

「チームと別行動にしたのはマスコミ対策のため。辛辣《しんらつ》なコメントは世間の注意をあなたから逸《そ》らすため。ね、馬鹿みたいに過保護でしょう」

「どうして？」と、疑問がこぼれ落ちた。

監督の期待と信頼を、私はひどく裏切ったのだ。まっとうな神経を持っていれば、二度と顔向けなどできやしない。それでも監督は私が「また走りたい」と言いだしたときのために、居場所を確保してくれていたというのか。

「知りませんよ、そんなことは」

笹塚コーチはそう言って目を細め、不用意なひとことをつけ加えた。

「つまり、馬鹿な娘ほど可愛《かわい》いんじゃないですか」

監督は、長距離選手だった実の娘を亡くしている。彼女には、してあげられなかったことのほうが多かっただろう。その無念を知っているから、自分の元に来た選手のことを、最後まで見捨てることができないのかもしれない。

私が馬鹿な娘なら、辻本は優秀なほうの娘である。

彼女は今、黒に緑のサイドラインが入った幸田生命のウィンドブレーカーを着て、私の横を走り過ぎて行った。ぱっと見たところ、動作に不自然さはないようだ。

スタートは九時十分。監督とは、レースが終わってからゆっくり話をすることにしよう。

私は腰を落とした大股歩きで股関節と大臀筋《だいでんきん》を伸ばしながら、さり気なく他の選手の動きに目を遣《や》った。

ジョグで軽く流す木関さんは、全身がリラックスしているのがよく分かる。山田さんは表情が硬く、やや跳ねすぎだろうか。ダヌーシュミルコは落ち着いているし、グラナは

――。

と振り返りかけたところへ唐突に、アップテンポの音楽が流れはじめた。なにごとかと思えば辻本だ。イヤホンが外れ、スマホで聴いていた曲が外に洩《も》れてしまったらしい。

「あ、すいません。ソーリー、ソーリー」

ぺこぺこと周りに頭を下げる辻本に、グラナが微笑《ほほえ》みかける。

「レディー・ガガ、好き?」と、片言の日本語で尋ねた。

辻本が恐縮したように頭を搔く。呆《あき》れ顔で見ている私に気がつくと、照れたように笑い返してきた。その顔は入部当初のように無邪気で、なんだか少し眩《まぶ》しく見えた。

そろそろ準備をしてくださいと、大会スタッフが声をかけてくる。

私は腹の底から息を吐き出し、両頰を少し強めに叩《たた》いた。

よし、行こう。「岸峰子」を取り戻すために。

ナゴヤドームを左手に見て、スタートラインの先頭に立つ。ゼッケンナンバーは十五番。木関さんを挟んだ向こう側では私と同じすいか柄のユニフォームを着た辻本が、その場で軽く跳ねている。

スタート時刻まで、すでにもう三分もない。背後を振り返ると、道路は今年もやはり色とりどりのウェアで埋めつくされていて、その果てが見えなかった。

参加人数はついに、一万五千人を超えたという。先導の二台の白バイに跨《また》るのも女性隊員で、さすが「ウィメンズ」と称するだけのことはある。

ペースメーカーはケニア人選手と国内選手が二人ずつ。2時間22分30秒という陸連が設定したタイムを満たすために、1キロあたり3分23秒のラップを刻む。

かなりのハイペースではあるが、ペースメーカーが離脱する予定の25キロ地点までそれに合わせていては、私の目標には届かない。せいぜい15キロまでだと胸に刻む。そのあとは、私がレースを引っ張っていかなくてはならない。

「先頭の選手に最後までかじりついて競り勝つ。それが岸さんの必勝パターンですが、流れを見て早めにしかけましょう。あなたはもう、そういう判断が自分でできるはずです」

笹塚コーチのアドバイスを頭の中で反芻《はんすう》し、軽く唇を舐《な》めた。背骨トレーニングによってスピードは以前よりついたはずだ。自分を信じて前に出るしかない。

愛知県知事が櫓《やぐら》の上に立った。「十秒前」のアナウンスが響く。

「五秒前」

知事がピストルを構えた。胸の中で秒数をカウントしてゆく。それより一秒遅れて、気の抜けたような号砲が鳴り渡った。

巨大な生き物のうねりのように、選手たちが走りだす。それに飲み込まれてしまわぬように、私もスタートダッシュを切った。

最初の300メートルの直線だけが、コースの中で唯一の二車線道路である。それだけに沿道の声は近い。

「行ってらっしゃい！」と送り出された。

ゴールはナゴヤドームの中だ。この道には、再び戻って来ることになる。

スピードについてこられないランナーが振り落されてゆくのを見ながら、少しずつ右に進路を取ってゆく。間もなく萱場《かやば》交差点を右折して、片側三車線の出来町《できまち》通に出る。こうしておかないと、カーブで外に膨れてしまう。

うねりの先端は細長く伸びて、トップ選手たちはすでに集団を作りつつあった。ペースメーカーの真後ろにグラナ、その斜め後ろに木関さんがいて、私は三番手につけている。

体を軽く傾けてカーブを曲がり、大通りに出たところでペースを落とした。しばらくは体力を温存したい。

「いいぞ、岸！　スタートいいぞ！」

笹塚コーチが声をかぎりに叫んでいる。スタートからこの調子では、最後まで喉がもたないだろう。そちらも少しはセーブしましょうよと、心の中で話しかける程度の余裕はあった。

大通りに出て350メートルほどで、次の交差点に差しかかる。それを左折するころには、先頭集団からしっぽが取れて一つの島が出来上がった。

人数はペースメーカーを除いて十三人。私はその集団の最後尾に位置取った。会見場にいた選手の背中は全員分揃《そろ》っている。私たちはひと塊となり、環状線を南下して行った。

「辻本頑張れ！」「木関ファイト！」と、沿道の声は走っていても案外耳に入ってくる。

「岸、こけろ！」という野次に、体が一瞬びくりと震えた。

大丈夫、この程度の暴言は予想できたことだ。

私は前方を走る第一中継車を睨《にら》みつけた。平均視聴率は普通なら十パーセントもいかないはずだが、今日はどうだろう。マスコミに煽《あお》られて、いつもはマラソンを見ない層までテレビ観戦をしているのだろうか。

できれば最後まで見ていてほしい。私はここで、生まれ変わるのだ。

1キロの通過タイムは3分22秒だった。よし、問題はない。しばらくはこのペースを維持していこう。

それにしてもこのコースの前半は、走っていても眠気をもよおすほど単調だ。いかにも地方都市の幹線道路沿いといった、特徴のないビルとチェーン店ばかりが建ち並んでいる。足元がフラットで脚に刺激が入らないから、なおさら集中力が途切れがちになる。

そういうときはひたすら頭の中で、円周率を唱えてしのぐ。直前まで聴いていた音楽が流れるという人もいるが、私の場合はもっぱらこれだ。単調な数字の羅列がちょうどいいリズムになる。

空で言える百五十桁を唱え終えたら、また最初から繰り返す。背骨がバランスよく動いているのが感じられた。もしかしたら、今日の私は絶好調かもしれない。

左手前方に、水色のジャケットを着たボランティアスタッフの一群が見えた。5キロの給水ポイントである。他と識別しやすいように造花で飾ったりファーを巻きつけてあったり、女性ランナーのボトルは見た目が華やかだ。

これからの暑さを考えると、給水は早めに取っておいたほうがいい。そう考えた選手が次々に自分のボトルを手にしてゆく。

私のボトルには栞が描いた絵を貼ってあった。たやすく見つけ、摑みやすいように取りつけておいた持ち手を握る。この絵はウサギだ。顔が四角いのでロボットのようでもあるが、長い耳がついている。娘の考えるウサギは、ピンク色をしているらしい。

ボトルの中身は水で薄めたスポーツドリンクに、ハチミツとレモン汁、塩ひとつまみを加えたものだ。ひと口含み、ゆっくりと舌の上で転がしてから飲み下す。ただそれだけで、内臓が潤うのが分かった。気温を考慮して、もうひと口。ボトルを手放す。

木関さんのところのスタッフだろうか。沿道に『16分53秒！』と殴り書きしたスケッチブックを掲げている人がいた。5キロ地点の通過タイムだ。この表示はありがたい。悪くないペースである。このまま15キロまではペースメーカーについて行こう。

名古屋ウィメンズマラソンのコースは折り返し地点が三つもあるのが特徴である。ひたすら真っ直ぐだった環状線を8キロ付近で右に折れ、妙音通《みょうおん》をしばらく走った先がまず一つ目。後続の選手や一般参加者とすれ違いながら、来た道を無心で引き返してゆく。10キロ地点に、地下鉄で先回りした笹塚コーチが立っていた。

「よし。順調、順調！」

だったらそんなに声を張り上げなくてもいいものを。コーチの背後では木関さんのスタッフが、『33分47秒』というスケッチブックを持って飛び跳ねていた。

気温はじわじわと上がっていたが、給水はパスして通り過ぎる。もう一つ先の、15キロの給水ポイントでエネルギーをチャージしてから、最初のスパートに入ると決めた。わざと重めに仕上げておいた脚の筋肉が、しだいにこなれてゆくのが分かる。15キロ過ぎからはすっかり軽くなって、脚が回りだすだろう。計算通りに仕上がっている、自分の体が心地よい。

だが、なにが起きるか分からないのがマラソンというものだ。

最初の異変が起こったのは、12キロ付近だった。単調極まりない環状線に再び戻り、その道を北上してゆこうというところ。先頭を走っていたペースメーカーのケニア人選手が、なんの前触れもなくコースを外れて沿道の脇にへたり込んだ。

暑さか、それとも故障だろうか。そちらをちらりと気にしたのが仇《あだ》となった。

ケニア人選手が脇にそれたとたんに、辻本と木関さんが加速していた。他の三人のペースメーカーを追い越し、前に出る。そのスピードに、ダヌーシュミルコが果敢に食らいついて行った。

私はとっさに反応できなかった。慌ててギアを入れ替えたが、あっという間に差をつけられていた。

早くもペースメーカーが使いものにならなくなったのだと、置いて行かれてからようやく悟った。ハイペースな設定タイムに、四月下旬並みの思わぬ陽気。離脱したケニア人選手以外の三人も、正確なラップを刻むのが難しくなっていたのだろう。

木関さんと辻本はそれに気づくや、間を置かずに加速した。乱れたペースに合わせていては、こちらの調子まで狂ってしまう。代表枠を狙う二人だけに、その判断と対応は正確だった。

にわかに覚えた焦りが心臓に乗り移り、鼓動を速める。胸に去来するのは後悔ばかりだ。15キロまではと、勝負をペースメーカーに預けていたのがいけなかった。舵《かじ》はしっかりと自分で握って、ひと時も放してはいけなかったのに。これは私のレースじゃないか。

往路で鼻息も荒く中継車を睨みつけたのが、急に恥ずかしくなってきた。きっと全国のお茶の間では「やっぱりもうこいつの時代じゃないんだよ」と、指をさされていることだろう。「岸峰子」の終焉《しゅうえん》を、心待ちにして見ている人たちが大勢いる。

あそこで飛び出せなかったのは、勝負勘が鈍っている証拠だ。私の挑戦は、やはり無謀でしかなかったのか。

ひやっとしたビニールの感触が肩をかすめ、はっと浅く息を吸った。

沿道の観客が打ち鳴らす、スティックバルーンだった。故意ではなく、応援しているちに手から抜けたものが肩に当たってしまったらしい。

警備員が観客に注意を与える声が背後に聞こえる。中身はどうせ空気なのだから、むしろ頭を思いっきり殴られてもよかったくらいだ。危うく思考がダークサイドに飲み込まれるところだった。

姿勢を正し、心を落ち着かせる。先頭を走る三人までは、約15メートルといったところ。

サングラスの下で瞳を動かす。視界の左斜め後ろギリギリに、グラナがいた。あとの選手はどうなったのか。ペースメーカーの動向も含め、もう分からない。

悲観するほどの差はついていない。

背骨の動きに意識を移した。骨盤が前傾して、勝手に脚が出るイメージだ。ペースをじわりと引き上げると、グラナもそれに反応した。彼女もまったく諦めていない。レースはまだ三分の一、いよいよこれからというところだ。

頭の中で新たな展開を組み立てる。15キロ地点で給水をしたら、予定通りにスパートを切ろう。この日のために準備したトップスピードで、辻本と木関さんをひとまず引き離す。

そのあとはペースを抑え、後半の勝負に備えるのだ。

街路樹の葉の陰に、15キロ地点の目印である家電量販店の看板が見え隠れしていた。500メートルほど先だろうか。真っ赤な看板は嫌でも目立つ。

「さっつーん！」

辻本に向かって声を張り上げている男たちがいた。緑の法被を着て、『さつき』とプリントされた団扇《うちわ》を振りかざす。キャノン砲のような望遠レンズが、彼女の勇姿を追いかけていた。

メディアにアイドル扱いをされていると、こういう輩も湧いてくるのか。辻本も大変である。私の場合はつきまといや盗撮だったが、好意と悪意は正反対でありながら、なぜ人を似たような行動に駆り立てるのだろう。けっきょくは、どちらも気のふれた背中合わせの感情なのだ。

15キロの給水ポイントが近づいてくる。左腕を伸ばし、私はスムーズにボトルを取った。栞の絵は頭から直接手脚が生えた、幼児特有の「頭足人」だ。母の字で『ゴリキュア』と書いていなければ、それがなんだか見当もつかない。難易度高いよと、笑みが零れた。

腕時計によれば、15キロの通過タイムは50分45秒だった。やはりこの5キロでタイムを落としている。

だが、エネルギーチャージは完了だ。脚もこなれてすっきり軽い。じりじりと速度を上げてきたおかげで、先頭までの距離は約8メートルに縮まっている。よし、行こう。

じわりと右に寄ってから、ギアを一気にトップに入れて、グラナを突き放した。串団子のように並んでいる三人の背中が、面白いように近づいてくる。中道の交差点を越えてから、ダヌーシュミルコ、辻本、木関さんと、続けざまに抜き去った。

さらに彼女らを突き離し、私は単独首位に立つ。はずだったのだが——。

まるで磁石に吸い寄せられるかのように、木関さんと辻本が私にぴたりとついてきた。決して横に並ぼうとはせず、いつでも捉えられる距離を保っている。そう簡単には抜け出させてくれないようだ。

ダヌーシュミルコとグラナは後方で様子を見ることにしたらしい。だが彼女らも、好機と見ればすぐさま上がってくることだろう。

暫定トップに立っているにもかかわらず、余裕はまったく生じなかった。二人分の足音が、乱れることなく追いかけてくる。

「はやぁい」

度外れた女の大声が耳を打ったのは、名古屋駅から真っ直ぐに延びる桜通になだれ込んだときだった。片側四車線の幹線道路を、我々はひたすら西へと突き進む。

速くて当然である。マラソンは見る競技からやるスポーツに変わったと言われているが、トップ選手は女性でも時速18キロ近いスピードで市街地を駆け抜ける。市民マラソンとはまったくの別物なのだ。

一般の観客からすれば、私はさぞかし快調に飛ばしているように見えるのだろう。だが実際は全神経を背後に集中させて、必死に辻本と木関さんの呼吸を探っている。彼女らは少し距離を取ったのか、なにも聞こえなくなったのがかえって恐ろしかった。

大学時代に走った大阪国際女子マラソンから数えて、フルマラソンはこれがちょうど十本目となる。だが同じような展開のレースは一つとしてなかった。なにしろ42・195キロの長丁場だ。ロード競技の宿命で、雨、風、気温、湿度といった気象条件にも大きく左右される。そうでなくとも調整を失敗することだってあり、作戦が当たらないときもある。ベテランと呼ばれる年齢に達していてさえも、読めない要素が多い競技だ。まさか人に追われる立場というものが、こんなに辛いとは思わなかった。

本来私は後半追い上げ型なのだ。マークした選手にピタリと張りつき、相手の隙を窺《うかが》う粘っこい戦法を取ってきた。中盤にも達していないこの段階で、先頭集団を引っ張って走るなど「岸峰子」史上初のことである。

いったんペースを落とさなければ。このままじゃスタミナがとてももたない。

呼吸が苦しいのは、ペースを調整すれば自然に戻る。危惧しているのは後半でいきなり脚が動かなくなるハンガーノックだ。

初マラソンのときに、ゴール前のトラックで私はそれを経験した。極度の低血糖状態になり、魂が誤って人形にでも入り込んでしまったみたいに、頭と体の連携が取れなかった。残り数百メートルだったからこそ気力で前に進めたが、途中であぁなってはおしまいだ。

しかしどのタイミングでペースを落とせばいいのだろう。もともと持っているスピードは、後ろの二人のほうが格上である。ペースを弛めた隙をついて、さっきのような追い越しを逆にしかけられたら、ついて行ける気がしない。

久屋大通《ひさやおおどおり》公園の白い歩道橋と、テレビ塔の骨組みが見えてきた。ここでだいたい19キロ。

「頑張れー！」と、歩道橋の上から手が振られた。

「岸本、負けるな！」

今のは岸と辻本、どちらに向けられた声援だろうか。一般大衆は神経質かと思えば、案外でたらめである。

「岸、落とせ、落とせ！」

20キロ地点の手前で笹塚コーチが、全身を使って腕を振っていた。その隣に小南監督が立っている。監督は私を黙って見送り、辻本に「よし、いいぞ」とだけ声をかけた。

給水は取らない。私はそのまま減速もせず、日銀前交差点に突っ込んだ。左に折れて、伏見通を南下してゆく。

20キロの通過タイムは1時間7分15秒だった。ペースが速いのはコーチに言われるまでもなく分かっている。私だって、落とせるものなら落としたいのだ。

だけど私のペースについてくる辻本に、小南監督は「いいぞ」と言った。つまり辻本にとってこの程度のスピードは、後半の展開になんら影響を及ぼさないということだろう。

そんなポテンシャルの高い人間に、一度抜かせて様子を見るという戦略が通用するのだろうか。

思い悩んでいるうちに、同時開催されているハーフマラソン用のゴールゲートのある白川公園が近づいてくる。その角を左折すると、若宮大通だ。高速の高架橋を境にして、片側に四車線ずつ敷かれた１００メートル道路である。

その大通を、東に向かって疾走する。それでいて私は、後ろを振り返りたい欲求と戦っていた。

辻本と木関さんは、どこまで迫っているのだろうか。どんな走りを見せているのか。

グラナとダヌーシュミルコの位置取りは？

マラソン初挑戦というタヤマ電機の山田さんは、すでに後続集団へと沈んでしまったのか。

ちょっと振り返って見れば分かることだが、それをやると、後続の選手に余裕がないことを悟られてしまう。サングラスにサイドミラーでもついていればいいものを。焦りがじりじりと胸を焼く。すでに呼吸が苦しいのだ。

辻本はともかく、木関さんだってそろそろペースを落としたいだろう。だが彼女にも、ロンドン五輪の代表に選ばれていながら十六位に終わってしまった苦い過去がある。補欠選出だった辻本が銅メダルを取ってしまったことで、「使えない正代表」と揶揄されもしたのだ。無謀と分かっていても、いちかばちか辻本に食らいついてゆくかもしれない。

私は徐々に進路を右寄りに取ってゆく。間もなく丸田町ジャンクションの手前にある、二つ目の折り返し地点だった。高速の高架の下を突っ切って左のレーンに向かうため、折り返しというよりそれは曲がり角に近い。

折り返しポイントが鋭角的になっていれば、さり気なく後続の状況を確認できただろうに。この広い道路では不可能だった。それでも無駄のない最短コースで折り返し、若宮大通を西へと引き返してゆく。

先頭を走っているのは私でも、実質的にこのレースを支配しているのは辻本だった。彼女がいつどこでどのようにしかけてくるか。それが分からないから、私も木関さんもペースを乱されたままでいる。

このままでは本当に、「辻本のペースメーカー」で終わりかねない。やはりいったん下がるべきだ。

再び伏見通に戻り、元来た道を北上しながら決意する。

なにより呼吸が辛かった。ペースを緩め、辻本の後ろにつこう。なにがなんでも離されないようについて行けば、勝機はきっと訪れる。

25キロの給水ポイントは日銀前交差点の手前に設置されており、20キロ地点からはごく近い。ドリンクを取るためと見せかけて、私はゆるゆるとスピードを落としてゆく。

「岸、ゆっくり行け」というコーチの声を聞きながら、素早くボトルを目で探した。ない。栞の絵のついたボトルが。

まさか、と思うがやはりない。視線がテーブルの上をもう一巡するより先に、その前を走り過ぎてしまった。

手違いだろうか。人の手を介するかぎり、こうしたトラブルはつきものである。

参加者が女性ばかりということを考慮して、このレースでは2・5キロごとに給水ステーションが設けられていた。自分専用のスペシャルドリンクに比べれば心許《こころもと》ないが、なにも飲まないよりはるかにマシだ。そこで水分補給をしようと、波立つ気持ちを落ち着ける。

タッタッタと、軽快な足音が近づいてきた。ああ、辻本だ。気配が斜め後ろに並んだ。

「先輩」

呼びかけられて振り向くと、プラスチックのボトルが差し出された。

飲めということか。呆気に取られたまま受け取った。辻本もサングラスをかけており、その表情は読み取りづらい。だが唇が確実に、ニッと小気味のいい笑みを刻んだ。

そのまま軽やかに前へと踏み出してゆく。気がつけば私は、辻本の背中を見つめていた。

「嘘でしょ」息が切れて声にはならない。唇だけで呟いた。

しまった、完全に出し抜かれた。辻本は虎視眈々《こしたんたん》と狙っていたのだ。私が失速するそのときを。

手には彼女の、ひまわりの造花をあしらったボトルが握られたままだ。嚙《か》みつく勢いでストロー部分を口に含んだ。

待って、辻本。置いてかないで。

ドリンクをひと口すすって、ボトルを投げる。そのとき、木関さんが隣に並んだ。ぎょっとしたのもつかの間。あっさりと追い抜かれ、その背中まで見送る羽目になった。

追いかけなくちゃ。でもこの乱れきった呼吸では、これ以上の加速は無理だった。予定通りにペースを落とすしかない。二人の背中が遠ざかってゆく。

25キロの通過タイムは、1時間23分40秒。20キロから25キロ地点までのスプリットタイムは16分25秒だ。私にしては速すぎた。

目標タイムを気にして15キロ地点のスパートを焦りすぎたと、今さら後悔しても後の祭り。とにかく今は呼吸を整えよう。辻本との差は約20メートル。木関さんとは15メートルというところ。まずはこの距離をキープすることだ。

跳ね回る心臓を意識で抑え、息を深く長く吐く。一刻も早く酸素を求めて喘《あえ》ぎたくなるが、吐き出せばそのぶん吸えるのだ。

蛇の腹のように横たわる都心環状線の高架を見ながら走ってゆく。少し風が出てきたようだ。熱を持った筋肉を、さらさらと冷たい手に撫でられているようで気持ちがいい。そのさやけさに身をゆだねているうちに、耳の後ろあたりがすっと軽くなった。

前方に見えるのは名城公園の豊かな緑だ。このまま道なりに行くとあらぬ方向に行ってしまうので、進路を右寄りに取って公園前の三叉路《さんさろ》を右折する。その瞬間に、ちらりと名古屋城の天守閣が覗《のぞ》いた。コース全体でこのときだけ、それも遠方にしか望めない。もう少し見えてもよかろうにと、四年前にもたしか思った。

そんなことを考えているうちに、少しは気がまぎれてくる。この界隈は緑が増えて、酸素が肺に通りやすい。12キロ付近のスパートについて行けなかったときのような、パニック状態には陥っていないから大丈夫だ。気持ちを強く持っていればいい。

そのまま名城公園に接する出来町通を駆けてゆけば、ほどなくして昭和初期の建築だという名古屋市役所の本庁舎が目に留まる。洋風コンクリート造りのビルのてっぺんに天守閣の屋根のミニチュアのようなものが載っていて、それがミスマッチながら可愛いらしいのだ。単調だった前半とは違い、この辺りは景色の変化が楽しめる。

だがそれはそれでまた、集中力が削がれるから気をつけなければいけない。市役所前の交差点を大津通りに左折して、前をゆく辻本の背中に視線を据えた。

ここから先は下り坂だ。５００メートルの間に13メートルを駆け下る、このコースで一番落差の激しい箇所である。

呼吸はもう整った。この下りを使って差を縮めよう。

下り坂を走るコツは、体を後傾にしないこと。勾配にビビッて体を反らすとせっかくの推進力が失われ、踵《かかと》からの接地がブレーキになってしまう。勾配に対して垂直に立つイメージで、スピードに乗って下ってゆく。

よし、気持ちよく走れている。この調子なら、30キロを過ぎたあたりからもう一勝負しかけられる。

手応えを感じながら坂道を終えて平地に足をついた。

その矢先、まるで地球の重力が増したみたいに、脚がずんと重くなった。

大津通から城見通二丁目の交差点を左折して、進路を西に取る。坂を下り終えてから、すでに2キロは走っていた。しかし私の脚は回復を見せず、ずしりと重いままである。走れないわけではない。だが、あまり速くは走れない。

これ以上ペースを上げれば完走すら危ぶまれる。おそらく途中で脚が完全に止まり、動けなくなってしまうだろう。この1キロのペースは3分25秒にまで落ちていて、これでは自己目標どころか、陸連の設定タイムにも届きそうにない。

終わった。そう思ったときにはグラナとダヌーシュミルコを先頭とした第二集団に、優しく包み込まれていた。外国勢の間には五輪代表権を巡るピリピリとした緊張感がなく、彼女らに歩調を合わせると、心地よさすらあった。

ああ、私は失敗したのだ。下り坂ではすべての体重が、膝と脚の筋肉にかかる。これは楽だと調子に乗っていたらあとから泣きを見たというのはよくあるパターンだ。自分で把握していた以上に、15キロ地点からのハイスピードと暑さからくる疲労が、脚に蓄積されていたらしい。そこに追い打ちをかけてしまったのだ。

青い空には二本の飛行機雲が走っていた。この雲を見ると、もの寂しい気持ちになるのはなぜなのか。

そうだ父のお葬式だと、こんなときに思い出した。葬儀場の駐車場から見上げた空に、飛行機雲が浮かんでいたのだ。

父が他界したときはまだ五歳で、死の意味もよく分かっていなかった。お父さんはお空に行っちゃったんだよと聞かされて、いつ帰ってくるのかなと思っていた。あのときの雲は天国へと続くレールのようで、美しかった。

お父さん、私はどうして走っているんだっけ。あなたは、なんのために走っていたの？　サメに食われて死んだなんて、なんだかすごく馬鹿みたい。私がこんなに軽率なのは、きっとお父さんに似たのだろう。

やっと30キロの給水ポイントだ。取っておこうと手を伸ばす。ボトルの絵は、真ん丸の黄色いお月さま。栞がせっかく、頑張って描いてくれたのにな。そう思うと目頭が熱くなる。

通過タイムは1時間40分20秒。数字だけ見れば悪くない。脚さえ動けばまだどうにか、目標タイムを狙えるはずだった。

バイクカメラが私の横にぴったりとつけてくる。今ごろこの大失速が、日本全国に流れているのだ。こういう大会ではインサート用に選手紹介のVTRを作るのが常だから、過去の映像が面白おかしく編集されて流されたかもしれない。

けっきょく私は、恥をかくために走ったのだろうか。「岸はやっぱりダメだった」と、笑われるために。そして辻元の引き立て役となるために。

25キロの給水ポイントにボトルがなかったのも、たんなるミスではなく誰かの悪意だったのかもしれない。誰も私の名誉挽回《ばんかい》など望んでいないのだ。

被害妄想ばかりがどんどん肥え太ってゆく。バイクカメラに張りつかれながら、私は最後の折り返し地点を曲がった。

このコースでは往復しない道はない。またもや来た道を引き返し、市役所前、名城公園、それから桜通を戻り、環状線に立ち返って出発点のナゴヤドームに帰ってゆく。このぐるぐると回るだけの道のりが、まるで私の生きざまみたいじゃないか。

さぁ、今ひとたびの大津通だ。真っ直ぐ行けば、再び市役所の本庁舎が見えてくる。

その直線に入って間もなく、私は「おや」と眉を上げた。木関さんの背中が大きくなった。と思ったら、どんどんこちらに近づいてくる。

リズミカルなピッチ走法が持ち味の選手なのに、脚が回転していない。第二集団に吸収されまいと踏ん張っているのは分かるが、それも時間の問題だろうと思われた。ここにきて、辻本と張り合ってきたツケが出たのか。

その辻本ときたら、こんなにも他の選手のペースを乱しておいて、本人は平然とトップを独走している。陸連のお偉方がこぞって期待を寄せるわけだ。あの子は追われるのが怖くないのだろうか。それとも追いつかせはしないという絶対的な自信の表れか。

辻本との差は、30メートルまで広がっただろうか。彼女もややスピードを緩めたようだが、ペースを崩した気配はない。後ろから見ても端正なフォームで、ぐいぐいと前に進んでゆく。

まもなく私の脚に負担を強いた、あの坂道がやってくる。往路は下った坂だから、復路はもちろん上るのだ。

私の脚ははたして、これ以上の負荷に耐えられるのだろうか。胸に不安の靄《もや》がかかり、気持ちが先に負けそうになる。

そのとき目の端に、鮮やかなピンク色がちらついた。

「アイトー！」

瑞々しい子供の声がする。舌ったらずで、「ファイト」と発音できていない。

「アイトだよ、アイトー！」

栞だった。沿道でピンクのコートを着た娘が、ウサギのごとく飛び跳ねている。

そうだった。この上り坂の手前で待機していてと、母にお願いしておいたのだ。

栞が手に握っているものが、陽光をギラギラと反射して眩しかった。なにを持っているんだと目を細めて、それが保育園の運動会でもらったメダルだと気がついた。

私は本物の馬鹿だったらしい。さっきのボトルに描かれていた栞の絵が、ただの黄色いお月さまであるはずがないじゃないか。

行かなきゃ。完走できるか否かが問題じゃない。たとえこの脚が最後までもたなかったとしても、私は優勝以外ほしくない。みっともなくたっていい。地べたを這《は》いずってもかまわない。それでも私はこの走りで、すべてを覆さなきゃいけないんだ。

「アイトー！」甲高い声が追いかけてくる。

幼いあの子は、大きくなっても、私の走る姿を覚えていてくれるだろうか。

忘れてしまってもいい。でも栞、これだけは覚えていて。あなたは私の行く先を照らす、明るい光だということを。あなたは私の娘。そして私は、あなたのママだ。

腿《もも》の側面を叩いて、刺激を入れる。私が第二集団から飛び出すと、沿道から「おお」と歓声とも驚嘆ともつかぬ声が上がった。前傾姿勢になって、ハムストリングとお尻の筋肉で体を押し上げるように坂道を行く。一歩ごとに、木関さんの背中が迫ってくる。

「頑張れ！」という声援は、抜かれようとしている木関さんに向けられたものだ。それを勝手に自分自身の栄養にして、彼女を捉えた。

脚をもつれさせつつも、木関さんは抜かれまいと追いすがってきた。そうだ、諦めのいい人間ははじめからマラソンなんか走らない。でも木関さん、厚かましさでは私が上だ。でなきゃこんな針のむしろみたいな舞台に、わざわざ戻って来ないでしょう。

坂道を上りきったところで、ギアをさらに一つ上げた。市役所前の交差点で木関さんを完全に振り切って、出来町通へと入ってゆく。辻本はまだ、私が追い上げていることに気づいていない。

唇を軽く舐めた。サバンナの肉食獣のように、慎重に間合いを詰めてゆく。

重い脚は筋肉で持ち上げようとすると、たちまち引き攣《つ》りそうになってしまう。冷静になって、背骨から骨盤へと力を伝道させる感覚を思い出す。姿勢を正すと、どうにか脚が前に出た。

出来町通を８００メートルほど進んで左折、伏見通に戻ってすぐの35キロ地点にコーチがいた。口の横に手を添えて、伸び上がるようにして叫んでいる。

「ここまで１時間57分10秒。行け！　遠慮なく行け！」

声がすでにかすれていた。だから、スタートから喉を酷使しすぎなのだ。

コーチのアドバイスが耳に入ったのか、辻本が後ろを振り返る。その差は約15メートル。表情はサングラスに隠され定かには見えないが、私には辻本が笑ったのがはっきりと分かった。

辻本が前を向いた瞬間に、ギアをトップに入れる。お互いの加速が同時だった。後ろから見えない手で突かれたように、ぽんと飛び出す。

逃げる辻本、猛追する私。鬼ごっこを楽しむ子供のように、辻本の背中が弾んでいる。なんなのよ。私が追ってきたことがそんなに嬉しいの？

彼女はもともと、走るのが好きでたまらない子だ。走ることは喜びだと、全身で表現しているようだった。ここ数年はしがらみの網に絡め取られ、必死にもがいていたのだろう。でも今はその網を破って飛び出さないと、怖い私が追いかけてくる。

走る辻本は綺麗だった。全身の筋肉がサラブレッドのように大きくうねり、生命の躍動を伝えてくる。それはテレビ越しに見た彼女の、初マラソンの映像を思い起こさせる走りだった。

辻本への憧れが、激しい憎しみに変わってしまったのもしょうがない。彼女は眩しすぎた。祝福の光に包まれて、諸手《もろて》を挙げて走るにふさわしい人だった。

そう、楽しいの。あんた本当は、誰かに追いかけてほしかったんだね。

辻本の軌跡をたどって、日銀前交差点を左に折れた。揃いのスイカ柄のユニフォームが、一定の距離をたもって桜通を爆走する。沿道からの歓声の、熱量が上がってゆくのを感じた。

「負けるな、岸!」と、聞こえたのは錯覚か。

「岸、頑張れ!」

いや、たしかに聞こえてくる。

つかの間オリンピック代表選手の座にいたときは、頑張れ、頑張れと、見ているだけのあんたらに言われたくないと思ったこともあった。それなのに同じ言葉が今、私の胸にぽちゃんと落ちて、小さな漣《さざなみ》を起こさせる。

唇が震えた。惜しみなく注がれる声援に、体の芯が熱くなった。言葉は枷《かせ》であり、力なのだ。どんな心境の変化か、こんな私を応援してくれる人がいる。その気持ちに報いたい。

コーチに告げられた35キロの通過タイムは1時間57分10秒、目標タイムもまだ生きていた。このペースが最後までもつならば、2時間20分30秒を切ってのゴールも夢じゃない。

問題はスタミナ切れだ。気温が何度まで上昇しているのかは分からないが、体に溜まった熱が逃げていかなくなっている。脚の重さも近いうちに、ごまかしがきかなくなってしまうだろう。それが40キロ地点で出るか、42キロまでもつのかは、予測できないというだけで。

檜山院長に怒られそうだが、東京マラソンのときのように針を刺してみようかと考える。

だがもはや、一秒たりとも立ち止まっている余裕はなかった。テレビ塔を過ぎてしばらく行くと、てらてらとした水色のジャケットを着た人たちが目に留まった。37・5キロの給水ステーションだ。

そう気づいたときには、足がそちらに向かっていた。

水の入った紙コップを掴み取り、走りながら太腿にかける。シューズを濡《ぬ》らすと重くなってしまうので、慎重かつ迅速に。表面さえ濡らしておけば、気化熱で筋肉が冷却される。暑さと過重労働のためにストライキを起こしかけていた筋繊維が、つかの間の涼を得て鎮まった。

背骨のうねりを活かしてストライドを広げてみる。まだ動けそうだと判断した。

どうやら、体が悲鳴を上げかけているのは私だけではない。38キロを過ぎると、辻本の走りから目に見えてキレが失われていった。もしかしたらシンスプリントを起こした脛にまだ違和感が残っているのだろうか。それとも距離が踏めておらず、後半を戦える脚に仕上がっていなかったのだろうか。

じりじりと辻本の背中が大きくなってくる。その差は約10メートル。最終コーナーを回った差し馬の気分だ。必ず肉薄して、差しきってやる。

沿道にはまだ法被姿の辻本ファンがいた。圧倒的に辻本の応援が多い中で、「岸！」と私を呼ぶ声がたしかに聞こえる。私は蒸気機関車にでもなった気分で、グイグイと確実に地面を捉えてゆく。

さあ力強いリズムを刻め。辻本まであと、7メートル。そして、5メートル。

背後に気配を感じたのか、辻本が再びペースを引き上げた。5メートルの距離をたもったまま、私たちは環状線になだれ込む。

40キロの給水ポイント、辻本は取らない。私もそのまま突き進む。

「岸さん、岸さん!」

よく通る女の声が追いかけてきた。なにげなくそちらに目を向けて、ぎょっとする。沿道に並べられたコーンを避《よ》けながら、山本百合子がコースに走りだしてくるところだった。

「岸さん、頑張れ。岸、ファイト!」

どうしてそんなにと思うほど、必死の形相になっている。しばらく私の斜め後ろを並走していたが、ほどなくして駆け寄ってきた警備員に羽交い絞めにされた。

なにやってんのよ、山本百合子。ここはいつものジョギングコースじゃないってのに。

声にはならない苦笑が漏れた。ふつふつと、愛《いと》おしさがこみ上げてくる。

そうだね、あんただって、書かずにいられない人なんだよね。

どうしてだか分からないけど、そういうふうに生まれついてしまったのだ。鳥が飛べることを疑わないように、私も気がつけば走っていた。

いいだろう。書いてよ、山本百合子。あなたの紡ぎ出す言葉が私になにを及ぼすのか、俄然興味が湧いてきた。だからそうね、私はリオに行かなくちゃ。

目の前に、出来町通へと続く交差点が迫ってくる。両腿を軽く叩いて、渾身《こんしん》のスパートをかけた。ここを右折すれば、ナゴヤドームの中に設けられたゴールゲートまではあと1キロ程度だ。

「岸、行け！　辻本、逃げろ！」

ちょっと待った。今交差点の角で叫んでいたのは、小南監督じゃなかったか。

いや、検証は後回しだ。辻本が交差点のカーブでやや外側にぶれる。その軌道よりも、私は一歩内側に進路を取った。これでわずかだが距離が稼げる。広い交差点の中ほどで、私はついに辻本と肩を並べた。

横目に辻本の様子を窺う。彼女は辛そうな顔をして走っていた。サングラスで表情を隠そうとしても、開いた口が歪んでいる。

脚が痛いのか、それともスタミナが切れかけているのか。かく言う私も、そろそろ太腿が悲鳴を上げそうだ。

その前に、なにがなんでもゴールする。交差点に入ったときのスピードをたもったまま、私は辻本を引きはなしにかかる。

だが素直に引き下がってくれるほど、辻本は聞き分けのいい女じゃない。肘が触れ合いそうな近さで、出来町通にもつれ込んだ。

これ以上粘らないでくれるかな。そう願いつつ辻本を見ると、相手もこちらに目を向けた。サングラス越しにしっかりと、視線が絡み合うのが分かる。辻本は口元を歪めたまま、頬をわずかに持ち上げた。

なに笑ってんの。言っとくけどあんたのドリンク、激マズだったからね。

たぶん、にがりが入っていた。にがりはミネラルを補って、脚の痙攣の防止に役立つ。でもあの味はどうも苦手だ。

ああ、そういえば40キロの通過タイムを見忘れた。辻本に追いつくことしか頭になくて、そんな大事なことが抜け落ちていた。私もたいがい、進歩がない。これも父親譲りの軽率さゆえか。

まぁいい。そんなことより今はこの辻本をどう振り切るかだ。

間もなくナゴヤドームへと続く、最後の直線に差しかかる。次の左折は内側を走っている辻本のほうが有利である。

でもここでいったん後ろに引いてしまうと、再び隣に並べる気がしない。多少距離をロスしても、このまま右側から突っ込んでいくしかない。そのぶん脚の回転数を上げなければいけないが、どうだ、いけるか。

横並びのまま角を曲がる。脚がもつれそうになったが、すぐに立て直した。ナゴヤドームに入るまで、あと６００メートル。本当に最後の勝負どころだ。

「岸！」と、沿道から名前を呼ばれた。道幅が狭くなったぶん、身近に感じる。笹塚コーチだった。すっかり濁声《だみごえ》になっていて、「ぎし」としか聞こえない。身を乗り出してしきりに叫んでいるが、こちらの疲労も相まってさっぱり聞き取れなかった。

え、タイム？　タイムがどうしたって？

だからそれどころじゃない、辻本なんだ。辻本あんた、いつものお手本みたいなフォームはどうしたの。顎が上がって、陸に上がった魚みたいじゃないか。

でも私だって喉がガマガエルのようにぜろぜろと鳴っているし、似たようなものだ。さっきから視界がおかしいのは、頭が右に傾いているからだろう。

立て直さなきゃと思うけど体があまり言うことを聞かないし、だんだん股関節にも痛みが出てきた。骨盤の緩みは楢山院長のおかげで改善されたと思っていたが、やっぱり出産前と同じようにはいかないか。

残りはおよそ、400メートル。

一刻も早く決着をつけたいと体が悲鳴を上げる一方で、この時間が終わってしまうのが惜しくてたまらない。一秒一秒の密度が濃くて、辻本の考えていることが手に取るように伝わってくる。

ちょっと辻本、お互いこんなに無理をして、ゴール手前で共倒れになったらどうするの。後からきた木関さんに、代表権をさらわれちゃうよ。

だが辻本はこのまま行く気だ。頬を引きつらせたまま笑っている。せっかくの美貌が台無しだ。

背骨がきしむ。体が細かいパーツに分かれて飛び散りそうだ。私はほんの少しだけ、スピードを緩めたいんだけど。目がかすんで、脚の感覚もすでに自分のものじゃないみたい。

ああ、もうダメだ。限界だ。

——そんなこと、誰が決めたの？

五　日はまた昇る

真夜中に降った大雨が嘘《うそ》のように、頭上には青く澄んだ空が広がっていた。

早朝から呼び出しをくらってＰＴＡ役員総出で吸水ローラーを使い、砂を入れたグラウンドに、子供たちが入場してくる。校旗の四隅を掲げた児童会の面々を先頭に、みんな誇らしげに胸を張っている。

栞は二年生の列の中だ。去年まで背の順では不動の先頭だったのに、前から四番目になっていた。腕の振りが地面とほとんど平行になるくらい、行進にやる気がみなぎっている。

今日のこの日を楽しみにしていたのがよく分かる。夜中に雨の音で目を覚まし、「やだぁ」と泣きながらてるてる坊主を作っていたくらいだから。

誰に似たのか、彼女の取り柄はかけっこが速いこと。年に一度の運動会こそが真骨頂を発揮できる場なのである。私はグラウンド整備で泥まみれになったけど、無事に開催できてよかった。ブラスバンド部の演奏が、空の彼方に吸い込まれてゆく。

「だから保護者席にキャンプ用の椅子を持ち込むのは反則だってば。去年も言ったのに、まったく改善されてないじゃないの」

母がハンディカメラを頭の高さに持ち上げながら、ぶつぶつと不平を洩《も》らしている。映像にはその声も入ってしまうはずだが、分かっているのだろうか。

「大丈夫ですよ、お母さん。こちらでも撮っていますから」

そう言って笹塚コーチが振り返る。手には望遠レンズのついたデジタル一眼レフが握られている。

「ちゃんと編集してお渡しします」

「あらそう？　じゃ、お願いしようかしら。腕が疲れちゃってねぇ」

コーチの申し出をあっさりと受け入れて、母はビデオのモニタを閉じて肩を回した。この二人はどうしてこんなに馴染《なじ》んでいるのだろう。戸惑っているのは私ばかりだ。

「あの、笹塚コーチ」

「はい、なんでしょう」

グラウンドでは入場行進が終わり、校歌斉唱と校旗掲揚にプログラムが移っている。ここからでは体の大きな五、六年生に隠れて栞の姿が見えないので、コーチはいったん膝の上にカメラを下ろした。

「べつに、こんな朝早くからおつき合いいただかなくても——」

「ですがこのあとラジオ体操を挟んで、すぐに二年生の80メートル走でしょう。それを撮り逃したら、職務怠慢で減給ものです」

「はぁ。なんだか、すみません」

「昨日の夜、小南監督が愚痴ってましたよ。『なんで最近の小学校は運動会を五月にするんだ』って、それだけをわざわざ国際通話で」

「それ、ウチにもかかってきました」

小南監督は先月から、辻本を連れてボルダーに入っている。開催まで残すところ三ヵ月を切った、東京オリンピックに向けての強化合宿である。

なにがなんでもこの東京で辻本を勝たせようという気運が高まりを見せて、あの二人には気の休まる暇もないだろう。だが辻本の戦いは、もうずっと前からはじまっている。四年前のリオで入賞にさえ届かず、涙を飲んだあのときから。

同じくリオを走った野田みどりは八位入賞を果たし、今はスポーツキャスターとして活躍している。先日青年実業家との熱愛が発覚し、どうやら楽しくやっているようだ。テレビ越しに見る笑顔が綺麗になった。

「大丈夫よ、お弁当は笹塚コーチの分も作ってあるから」

「それはどうも、かたじけないです」

現役を引退してから、私はアドバイザーとしてあらためて、幸田生命陸上競技部に迎えられた。ゆくゆくはこの手でメダリストを育てたいと思っている。そんなわけで笹塚コーチとは指導部の、いわば同僚なのである。機会さえあれば母はコーチを家に招待して、鍋やらすき焼きやら手巻き寿司やらを振る舞っていた。

餌づけをしてどうする気なのか。もっとも我が家に来て子供とかかわることは、笹塚コーチにいい影響を及ぼしているのかもしれない。

近ごろ新入部員からの、「コーチがとっつきにくい」という声が聞かれなくなった。彼もずいぶん変わったわけだ。栞にデラキュアダンスを強要されて踊っている様は、リオのあとの打ち上げで披露したアシモダンス以来の衝撃を私にもたらしたものである。

「そういや、山本百合子さんもボルダーでしょ」

母が魔法瓶から注いだ熱いお茶をすすりながら、思い出したように尋ねてきた。

「うん、次の本でも賞を狙うって張り切ってた」

「なんだかもう、すっかりノンフィクション作家だわねぇ」

山本百合子は三年前に東西新聞を退社して、すでにフリーの身だ。次なるターゲットは辻本である。「お願い、辻本さんに繋《つな》いで。なんでもするから、頼みます」と懇願されて、行きがかり上私が橋渡し役をした。小学校に上がったばかりの彼女の息子は「ママはちっともじっとしてない」と怒っているが、それでも将来の夢は作家だというから、ちゃんと母親の背中を見ながら育っているのだと思う。

「この間、レストランで『たまたま』小南監督と辻本に出くわして一緒に食事をしたって言ってたけど、絶対に確信犯よね」

「誤用です」と、笹塚コーチが顔を上げた。

「確信犯とは、自らの行為を正しいと信じてなされる思想犯や政治犯のことで、テロリストなどがこれにあたります。ですから――」

こういうところは相変わらずだ。これがはじまると、私はいつも「はいはい」と聞き流すことにしている。

「分かってますよ。『思想も信念もすべて言葉から作られる』でしょ」

「そうです。言葉をおろそかにしてはいけません」

しかつめ顔の笹塚コーチにばれないように、私は母と目配せをして、軽く肩をすくめた。

ラジオ体操第一の、軽快な音楽が流れてきた。こういうのを聞くと、一緒にやりたくてうずうずする。現役を退いてから六キロも太ってしまったけれど、私はやはり体を動かすのが好きなのだ。

「足を戻して手足の運動」あたりから、母と笹塚コーチが目に見えてそわそわしはじめた。それぞれのカメラの調子を確かめて、次の競技に備えている。ところが高まる期待に水を浴びせるように、前列のアウトドアチェアに座る女性がおもむろに日傘を開いた。

チッと、笹塚コーチの口元から不穏な音が洩れた気がする。私は文句を言おうと立ち上がりかける母の、ブラウスの裾を摑《つか》んで引き止めた。

「保護者からの要望で、今年は撮影エリアを設けてあるの。ほらあそこの、救護テントのあたり」

「なによ。そんなものがあるなら、もっと早く言いなさいよ」

母は「いてて」と膝を庇《かば》いながらも、さっさと靴を履いてしまった。笹塚コーチも「ちゃんと撮っておかないと小南監督にどやされるので」と言い訳をしつつ、母を追う。私は呆然《ぼうぜん》と、レジャーシートにお尻をつけたまま二人の背中を見送った。

ちょっと待ってよ。私だって娘の活躍をもっと近くで見たいんだけど。あなたたちが行っちゃったら、私の他に荷物の番をする人がいないじゃないの。

そりゃあ、みんなが栞を愛してくれるのはありがたい。小南監督なんかほとんど孫のように溺愛していて、去年の夏のチーム合宿には栞同伴で参加すればいいと勧めてくれた。そこで選手の真似《まね》をして走る栞に、監督ときたら「この子は筋がいい！　ステイヤーの血だ！」と欲目丸出しで興奮してしまったのである。

「おい、君。大人になったらマラソンを走らんか！」

まったく、青田買いにもほどがある。だが娘が陸上競技を勧められることに、昔のようには抵抗を覚えなくなっていた。

得意なことは、うんと褒めてあげたほうがいい。それに娘も最近は、クラブ活動のはじまる四年生になったら陸上部に入ると言っているのだ。いつまで続けるのかは分からないが、彼女が走りたいと思ううちはそれでいいのだろう。

「あの、岸さん」

遠慮がちな声に振り返ると、日よけ帽を被《かぶ》った女性がレジャーシートに膝をつき、目線を合わせてきた。PTAの副会長だ。私はくじ引きに負けて、今年度は書記を務めている。

「申し訳ないんだけど、午後の保護者リレー出てくれないかな。栗山《くりやま》さんがグラウンド整備で腰を痛めちゃったみたいで」

栗山さんというのは、保育園で一緒だった大輔くんのお母さんだ。数年前に再婚して苗《みよう》字《じ》が変わり、もう少し時間の融通がきく仕事に転職したらしい。

「構いませんけど。でもいいんですか、私で」

PTA役員チームはリレーメンバーもくじで決めた。なんでも「公平に」くじで決めるのがルールである。

「もちろん。岸さんが走ったらみんな喜ぶわよ」

副会長はそう言って屈託なく笑う。今日は裏方に徹しようと思っていたが、「それじゃあ」と引き受けた。

「次は、二年生による80メートル走です」

放送部の女の子は声が綺麗だ。そのアナウンスにぎょっとしてグラウンドを振り返った。すでにラジオ体操が終わり、児童が列を組んで退場門に向かっているところである。二年生はお行儀よく門を出ると、笑いさんざめきながら入場門のほうへ走って行った。

「わ、どうしよう。はじまっちゃう」

うろたえている私を見て、副会長が「よっこいしょ」とシートに腰を下ろした。

「私がしばらく見てるから、行ってきたら」

「え、でも」

「いいから」

「すみません」

副会長に見送られ、会釈をして走りだす。開会式の行進とは違って、徒競走の入場は駆け足のようだ。「トランペット吹きの休日」のＣＤに合わせて、二年生の一群がトラックを半周してゆく。アップテンポな音楽に、こちらの気持ちまで急《せ》かされた。

「あ、岸峰子だ」

どこかの父兄に指をさされ、誰だか知らないけど軽く会釈をして通り過ぎる。救護テントのパイプ椅子に、栗山さんが座っているのが見えた。目が合うと、「ごめんね」と片手拝みをしてくる。私は手を振って「問題ナシ」のサインを送った。

「あら、遅かったわね」

撮影エリアはほとんど顔見知りの二年生の保護者ばかりである。その最前列に陣取っていた母が、しれっと私を振り返った。

「『あら』じゃないわよ」

笹塚コーチにいたっては、服が汚れるのもいとわず片膝つきでカメラを構えている。小南監督の命令と言いつつこの人も、栞に肩入れしすぎなのだ。

にわかカメラマンたちを優先させて、私はやや後ろに位置取って腕を組む。栞はいきなり第一グループで走るようだ。間に合ってよかった。

「岸さん」と、同じクラスのお母さんが肩をつついてきた。

「あの、ありがとうね。ウチの子走るの苦手なんだけど、栞ちゃんが『練習しよう』って誘ってくれたらしいの」

「あ、そうなんですか」

そんなことをしていたなんて、知らなかった。走るのは栞の趣味みたいなものだ。おおかた周囲を巻き込んで校庭を駆け回っていたのだろう。走りの極意も知らないくせに、生意気な。

「嫌だって思いながら走ると固くなっちゃうから、気持ちいいと思って走るといいよって言われたみたい」

「すみません、なんだか偉そうで」

「ううん、ヒロト喜んでたの。そんなふうに考えたことなかったって」

ヒロトくんっていうと、ああそうだ。あの三列目にいる、おまんじゅうみたいに美味《おい》しそうな子だ。スタートラインに並ぶ娘に、「栞ちゃん頑張れ」と声をかけている。

栞は一人前にぴょんぴょんとその場で飛び跳ねて、体をほぐしているつもりらしい。私と偶然目が合って、頰いっぱいに笑みを広げた。これから走りだすのが楽しみでならないというその顔つきは、誰かさんを思い起こさせる。

それにしてもこのお母さんは、いったん話しはじめると長いのだ。先生がピストルを構え、子供たちがぐっと腰を落としてもまだ喋《しゃべ》っている。

「栞ちゃんは、やっぱり速いのねぇ。将来は岸さんみたいにオリンピックで金――」

「あ、はじまる！」

しょうがないから、話半ばで遮った。

空に向け高く伸ばされたピストルが、スタートの音を鳴り響かせた。

●主な参考文献

増田明美『夢を走り続ける女たち』（講談社）
小出義雄『君ならできる』（幻冬舎）
小出義雄『30キロ過ぎで一番速く走るマラソン』（角川SSC新書）
中村計『歓声から遠く離れて』（新潮文庫）
ポール・ゴーガティ＆イアン・ウィリアムソン著／影山みほ他訳『トップアスリート　天使と悪魔の心理学』（東邦出版）
中村直文『命運を決める一瞬』（NHK出版）
ポーラ・ラドクリフ著／加藤律子訳『HOW TO RUN』（ディスカヴァー・トゥエンティワン）
向井智春監修『天満屋女子陸上部の寮ごはん』（主婦と生活社）
『マラソントレーニング』（ベースボール・マガジン社）
『ランニングマガジン courir　2014年9月号』（ベースボール・マガジン社）

本書は、二〇一五年六月に小社より単行本として刊行されました。

解説

北上次郎

個人的な話からこの稿を始めることをお許しいただきたい。実は数年前に名古屋に行ったとき、ビジネスホテルが軒並み満室でなかなか予約できなかったことがあるのだ。いったいなぜだと不思議だったが、現地に行ってみて納得。日曜日の朝、ランナー姿の女性が大勢歩いていたのである。その日曜は、名古屋ウィメンズマラソンの日であったのだ。同様のことは2014年の2月、小倉に行ったときもあった。小倉市内のビジネスホテルはすべて満室で、福岡市内まで探したが、空室はひとつもなし。どうしてなのかこのときも現地に行くまでわからなかった。日曜日の朝、外に出ると、このときもランナー姿の男女が大勢歩いていて、第1回北九州マラソンの当日であることがわかった。グレイが函館市内で野外コンサートをすると函館市内のホテルはすべて満室になるというが、同様のことが市民マラソン大会でも起こるということである。本書を読んだとき、そうか、あのときの名古屋を走ったランナーの中にもこういうドラマがあったのかもしれない、と思った。ちなみに、名古屋や小倉や函館に私が行くのは仕事ではなく、競走馬を追いかける旅打ちである。個人的な話ですみません。

坂井希久子『ウィメンズマラソン』の話である。本書はまず、構成が素晴らしい。語り手は岸峰子。東京マラソンを2時間40分以内で走ることが出来たら陸上部への復帰を認めてやる、との監督の言質を取って走りながら、ヒロインの回想が始まっていく。子供は幾つになった？　二歳ですという監督との会話が冒頭にあるので、彼女がママさんランナーであることはすぐにわかる。それで「陸上部への復帰」がポイントになるのだから、そうか、出産のためにしばらく走ることをやめていたのだ、ということもわかる。この段階では、岸峰子がどういうランナーであったのか、出産はどういうタイミングであったのか。そういうことはまだ皆目わからない。だからヒロインの回想を読み進む。

厳しい練習と、選手間の微妙な駆け引き、岸峰子の生い立ちと成長。そういうことがテンポよく語られていく。ロンドン・オリンピックの女子マラソンの代表3枠をめぐるドラマが、ディテールまで手際よく描かれていく。代表に選ばれながら辞退するまでが全体の3分の1。代表に選ばれたあとの辞退だから大変だ。こうして物語は冒頭に戻ってくる。内容紹介はここまでにしたほうがいい。ようするに、娘が二歳になったので、岸峰子は再度オリンピックをめざそうとするわけである。このあとは、ヒロインの苦闘が描かれていくことになるが、たっぷりと読ませて飽きさせない、ということだけを書くにとどめておく。そして、こればかりはネタばらしになるのでここに詳しくは書けないが、大胆に省略したラストが素晴らしい。この構成こそが本書のキモだろう。物語に奥行きと深みが増しているのは、そのためにほかならない。

構成の妙といえば、著者には『ヒーローインタビュー』という作品もある。これもスポーツ小説だ。「彼は二〇〇一年から二〇一〇年までの間、日本プロ野球界に野手として在籍していた。だが一度としてタイトルを手にしたことはなく、ヒーローインタビューのお立ち台に上ったこともなければ、病気の子供のためにホームランを打ちもしなかった」と冒頭に書かれているように、主人公は二軍の帝王仁藤全。華々しい活躍を一度もしたことのないこの野球選手を描いた長編小説だが、理髪店の女主人、球団スカウト、チームメイト、ライバルチームのベテラン選手、幼なじみ——この五人が仁藤全について語るという構成に留意。つまり全編がインタビュー構成で成り立った小説なのである。

坂井希久子が秀逸なのは、記録に残る大選手だけが野球をやっているわけではない、という真実を鮮やかに描いていることだ。記録に残らなくても、ヒーローインタビューのお立ち台に上がらなくても、人と人が触れ合うかぎり印象に残る人間関係はあるということだ。私たちは全員がヒーローインタビューのお立ち台に上がるわけではない。多くが一度もお立ち台に上がることなく、人生を終えていく。しかしそれでも我々は、友人、知人、身内、そういう身近なところにいる人間にとっては大切な人でありたいと願っている。この構成によって、その真実が巧みに浮き彫りにされている。

スポーツ小説の名手であることを強調しすぎると誤解されかねないので、他の作品にも急いで触れておく。通天閣の街に生きる大阪の人々の哀歓を鮮やかに描いた『泣いたらアカンで通天閣』、介護福祉士畠山梓二七歳の自分探しを描く『迷子の大人』（文庫化に際して『恋するあずさ号』と改題）などの作品もあるので、本書でこの作家に興味を感じたら、ぜひともそれらの作品にも手を伸ばしていただきたい。

『ウィメンズマラソン』に話を戻せば、とにかく人物造形が絶妙である。特に、岸峰子の後輩である辻本皐月のキャラがいい。人を疑うことも知らず、嫉妬を知らず、ひたすらヒロインを慕ってくる後輩だ。代表枠を争う相手だというのに、悩み事があると岸峰子を訪ねてきて、マンションの前で待っていたりする。「先輩と走ってたころは、楽しかったなぁ」と遠い目で言ったりするから、ライバル意識は全然ないのだ。最後はその辻本皐月と……。

そのマラソン競技のディテールがいいことは言うまでもない。走るヒロインの息づかいが行間から立ち上がってきて、ざわざわと落ちつかなくなる。目頭が熱くなってくる。感動のラストまで一気読みの傑作だ。

（きたかみ・じろう／文芸評論家）

Haruki Bunko
ハルキ文庫

さ 19-2

ウィメンズマラソン

著者 坂井希久子《さかいきくこ》

2016年2月18日第一刷発行

発行者 角川春樹

発行所 株式会社角川春樹事務所
〒102-0074 東京都千代田区九段南2-1-30 イタリア文化会館

電話 03(3263)5247(編集)
03(3263)5881(営業)

印刷・製本 中央精版印刷株式会社

フォーマット・デザイン 芦澤泰偉
表紙イラストレーション 門坂 流

ISBN978-4-7584-3978-7 C0193 ©2016 Kikuko Sakai Printed in Japan
http://www.kadokawaharuki.co.jp/[営業]
fanmail@kadokawaharuki.co.jp[編集] ご意見・ご感想をお寄せください。